La Inmaculada

Agustina Hernández

FINALISTA
V CONCURSO INTERNACIONAL DE NOVELA
CONTACTO LATINO

ISBN-10: 1-63065-069-2
ISBN-13: 978-1-63065-069-8

PUKIYARI EDITORES
www.pukiyari.com

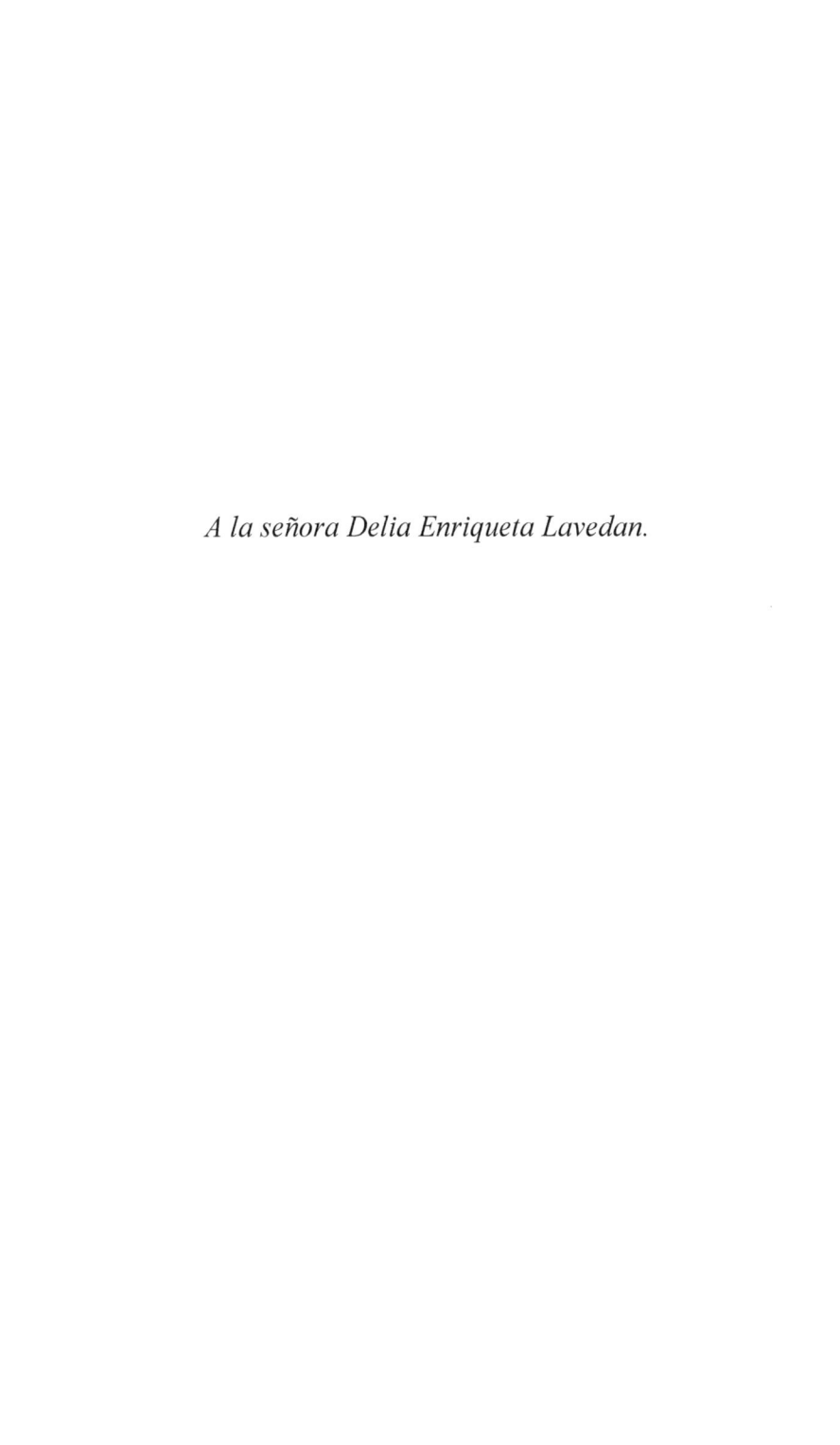

A la señora Delia Enriqueta Lavedan.

Índice

I RANCAGUA 13

II EL CONVENTO 18

III LA PARTIDA 25

IV EL BARCO 30

V SAN IGNACIO 37

VI EL AVIÓN 45

VII LEOPOLDVILLE 49

VIII SAN FRANCISCO 52

IX ADÈLE 60

X EL PADRE JOSÉ 66

XI SOR THÉRÈSE 70

XII EL VIZCONDADO 74

XIII EUGENE 78

XIV LA DESPEDIDA 83

XV EL CUADERNO 89

XVI EL LLANTO 91

XVII MADAME LENOIR 97

XVIII EL ENTIERRO 103

XIX LA PROPOSICIÓN 109

XX BENOÎT 117

XXI El TÉ DE LAS DAMAS 121

XXII LA RADIO.. 125

XXIII MIVEK 130

XXIV LA SOBRINA 135

XXV EL ENCUENTRO 139

XXVII RACCONTO.. 146

XXVIII PETER PAN 149

XXIX LOS REYES MAGOS 155

XXX EL ESCONDIDO 160

XXXI INDEPENDENCIA 166

XXXII ALLEZ, HAUT LES CŒURS ! 174

XXXIII ARTUS VAN LAER 178

XXXIV GUERRA CIVIL 186

XXXV A SOLAS.. 191

XXXVI JEKYLL Y HYDE 196

XXXVII EL REGALO Y LA INVITACIÓN 200

XXXVIII LA GALA 205

XXXIX LA CONFESIÓN 209

XL LA PROFESORA 214

XLI UN IMPASSE... 218

XLII SIMBAS 223

XLIII EL CIRCO.. 228

XLIV LA FIESTA... 233

XLV EL ADIÓS 239

XLVI LA CONFIRMACIÓN 244

XLVII BUENAS NOTICIAS 248

XLVIII EL REGRESO 254

XLIX VACACIONES 262

L IRINEO 265

LI EL CASAMIENTO 269

LII AGUSTÍN 274

LIII LOS ÚLTIMOS AÑOS 278

EPÍLOGO 282

I
RANCAGUA

Esa mañana, cuando Catalina se levantó, despertó a sus hermanas y empezó a preparar el baño para todas, porque era sábado. Ella sería la primera por ser la mayor. Al desvestirse, notó que en el brazo izquierdo y en las piernas tenía unas ronchas bastante grandes y feas, de un color más claro que su propia piel. No le picaban, pero las tocó suavemente y la piel estaba caliente en esas zonas. Lo primero que pensó fue que la habría picado un bicho de cierto tamaño y no le dio más importancia, porque ya sabía que era alérgica a las picaduras en general y el tórrido verano que estaban viviendo no ayudaba. Tampoco tenía tiempo de ocuparse del tema, porque había mucho por hacer, como siempre.

Se escuchaba al gallo cuando bajó a la cocina y encontró a su madre, sentada a la mesa, ya con el pan listo y el mate en la mano. Fueron bajando las demás y desayunaron juntas, sin el varón, que aparecería mucho más tarde. Ella le llevaba diez años.

Todas notaron sus ronchas en el brazo y se preocuparon, especialmente la madre, que dijo:

—No me gustan. Ponete el ungüento de la abuela y veremos qué opina tu padre.

Cada una fue a ocuparse de sus tareas habituales, divididas entre la casa, la huerta y los animales.

Catalina se puso el ungüento como le ordenó su madre. El padre frunció el ceño cuando la vio y sugirió esperar a ver si el remedio casero hacía algún efecto.

Al día siguiente las ronchas estaban peor y se veían algunas nuevas. Para el lunes a la mañana el cuadro no había mejorado nada, todo lo contrario.

El padre le dijo a Catalina que se preparara para ir al médico del pueblo. Ella se alegró de quedar relevada de sus tareas, pero lamentó la caminata que les esperaba, bajo los rayos del sol y probablemente en silencio, que era el estado natural de don Jerónimo.

El doctor Vidal tenía gente en su consultorio. La espera fue larga y calurosa.

En cuanto los hizo pasar, la miró a Catalina y puso mala cara. Le dijo al padre que esperara afuera y le indicó a ella que se pusiera la bata que colgaba del biombo, porque la iba a revisar.

Terminado el examen, el doctor hizo pasar al padre y con ambos sentados del otro lado de su escritorio, se dirigió sólo a él:

—Mire, don Jerónimo, lamento comunicarle que me parece que su hija ha contraído la lepra y es una enfermedad muy contagiosa. Yo sé que usted tiene varios hijos, así que le recomiendo que la lleve al hospital de Pergamino, a ver qué le dicen ahí.

El hombre empalideció y Catalina sintió que se le llenaban los ojos de lágrimas y que deseaba con todas sus fuerzas que estuviera su madre presente en ese momento. No conocía la enfermedad que nombró el doctor pero por las caras que pusieron los hombres parecía grave.

Su padre pagó la consulta y volvieron a la casa, caminando en silencio.

La madre se desplomó en una silla ante la noticia y lloró, que era una reacción que no tenía nunca. Para consuelo de Catalina la abrazó, bajo protesta del padre, por la posibilidad de contagio.

Doña Ofelia trató de explicarle a su hija mayor que no tenía idea de cómo pudo contraer la enfermedad, pero que debían cuidar a sus hermanos. También le dijo que seguramente en el hospital la curarían y que para el otoño ya estaría todo en orden. Catalina supo que su madre le mentía, pero agradeció el gesto.

El padre dispuso que el cuarto de costura pasara a ser el dormitorio de Catalina y anunció que al día siguiente irían todos al hospital de Pergamino, para lo cual le pediría prestada la "chata" a su hermano. Eran dieciocho kilómetros a recorrer desde Rancagua.[1]

Salieron temprano hacia Pergamino, que para ellos era "la gran ciudad". Cuando entraron al hospital, la enfermera que los recibió le dijo a Catalina que la acompañara, la dejó sola en un cuarto y fue en busca de un médico.

---

[1] "Rancagua", es una voz mapuche que significa "lugar en donde hay cañas" o "cañaveral". La población surgió en torno a la estación de la Compañía General de Ferrocarriles de la Provincia de Buenos Aires (C.G.B.A.), ramal ferroviario que unía la Capital Federal con la ciudad de Rosario, siendo habilitada la estación Rancagua en 1911. Muchas veces las compañías ferroviarias asignaban nombres a sus estaciones que nada tenían que ver con la historia y costumbres del lugar.

El doctor Gutiérrez la revisó y coincidió con su colega en el diagnóstico, pero fue más severo en el consejo: lo mejor era aislarla y comenzar un tratamiento a base de aspirina y sales de cobre, yodo y bismuto.

Catalina nunca olvidaría aquella vuelta a casa, bajo la lluvia, con la madre y todos los hermanos llorando, como si fueran a su entierro.

Esa noche, escuchó que sus padres discutían en la cocina sobre qué debían hacer con la enfermedad de su hija mayor.

Por la mañana, doña Ofelia le comunicó a Catalina que le escribiría a su prima Eulalia, quien era monja y vivía en un convento de hermanas franciscanas misioneras, en Villaguay, donde además manejaban un hogar para niñas. Le preguntaría si podía recibirla y cuidar de ella.

Antes de llorar, Catalina tuvo tiempo de pensar en que ya no vería más a Irineo en el almacén del pueblo. La Navidad anterior le regaló flores y trató de besarla. Ella acababa de cumplir dieciséis y él tenía dieciocho. Ahora lamentaba no haber aceptado el beso, pero le quedaría el consuelo y el recuerdo de la rosa que guardó dentro de su misal.

Unas semanas después llegó la respuesta de la prima Eulalia, diciendo que la esperaba con los brazos abiertos y que en el hogar vivía también otra jovencita con la misma enfermedad.

El tratamiento del doctor Gutiérrez no había dado ningún resultado y Catalina estaba peor, por lo que se decidió que su partida sería inmediata.

La que más sufrió con la despedida fue su hermana Blanca, que era la que le seguía; y Catalina no pudo saludar a su hermano Humberto, que optó por esconderse sin intención de ser encontrado.

La acompañó doña Ofelia, que en el último mes parecía haber envejecido diez años. Eran casi cuatrocientos kilómetros, que tardaron dos días en recorrer, con una noche en Rosario entre medio.

Eulalia cumplió su palabra y la estaba esperando en la puerta del convento, con los brazos abiertos, literalmente. No se conocían, pero la abrazó como a una hija y le prometió a su prima que velaría por ella.

II
EL CONVENTO

El convento era austero y silencioso. Sus paredes grises eran frías y deprimentes. El hogar ocupaba una de sus esquinas y era un poco más amable, tal vez por la presencia de unas veinte niñas, que en su mayoría eran huérfanas o que fueron dejadas a su suerte.

El mismo día de su llegada, Catalina conoció a Ángela, que tenía un año menos que ella pero que parecía tener la enfermedad un poco más avanzada o por lo menos se le notaba más en la cara. Su compañera era correntina y había llegado al convento en la primavera anterior.

Eulalia dispuso que compartieran el cuarto que ocupaba Ángela, que estaba alejado del resto de los dormitorios de las niñas. A Catalina le encantó el dormitorio porque su compañera lo había decorado con dibujos hechos por ella, una tacita con jazmines y una muñeca de trapo sobre la cama.

Las adolescentes se entendieron desde un principio y la amistad fue inmediata. Se cuidaban y se consolaban mutuamente en todo momento.

La madre superiora, sor Caridad, era muy mayor y se la veía poco. Era una de las seis monjas belgas que llegaron al país en 1893. Pertenecía a la Orden de las Hermanas Franciscanas de Gante, su lugar de origen en Bélgica. En 1908 participó en la fundación de ese hogar para niñas al que llamaron "La Inmaculada" y se convirtió en su responsable desde entonces.

Catalina la había escuchado hablar en un francés que le sonaba distinto al que hablaba su abuela francesa con su madre.

Años más tarde, Catalina se enteraría de que aquella conversación entre las mayores, motivó el inmediato interés sobre ella por parte de sor Caridad, quien le dio precisas instrucciones a Eulalia para que incentivara a la joven a tomar los hábitos, porque tenía planes futuros para ella.

Para esa misma época, llegó al convento un envío desde Europa, con muchos frasquitos oscuros que contenían un denominado "aceite de *Chaulmoogra*", que por suerte también se podía llamar "aceite de ginocandia". Por orden de sor Caridad, las jovencitas debían aplicarse esa emulsión contra la lepra. La superiora era versada en temas médicos y decidió que aquello era lo mejor que les podía ofrecer para su padecimiento.

El olor de aquel aceite en su cuerpo acompañaría a Catalina por el resto de sus días. La mejoría había sido casi inmediata, lo mismo que para Ángela.

Doña Ofelia escribía regularmente y su alegría fue enorme con las novedades de su hija.

Eulalia mantenía muy ocupadas a las futuras novicias con las tareas de la huerta del convento y el cuidado de la biblioteca. Cuando se enteró que Ángela sabía inglés, el cual aprendió de su padre, les ordenó que se enseñaran mutuamente los idiomas que conocían. A las jovencitas les pareció divertido, aunque sin mayor propósito, pero desobedecer una orden de Eulalia no era una opción a considerar.

Les encantaba estar en la biblioteca, donde todas las tardes descubrían un libro nuevo que les interesaba y también les divertía jugar a las escondidas entre los anaqueles.

Antes de que pudieran darse cuenta, ambas jóvenes festejaron sus respectivos cumpleaños en el convento, vestían como novicias, hablaban francés e inglés decorosamente y habían mejorado de su enfermedad.

Así fue que mientras llegaban las noticias del final de la Segunda Guerra Mundial, sor Caridad citó a las novicias a su escritorio. Sin duda fue un momento clave para las amigas, uno que recordarían varias veces a lo largo de sus vidas.

Aquella tarde, la superiora les hizo saber a las discípulas que estaba muy conforme con su desempeño y que consideraba que debían tomar los hábitos para fines de ese año, por lo que tendrían que pensar en su futuro nombre religioso. Sor Caridad hizo una excepción con sus propias emociones y besó en la frente a las jovencitas, demostrando cariño y orgullo.

Las novicias se sintieron bendecidas. Esa noche no pudieron conciliar el sueño por tanta emoción y responsabilidad.

Unos días después le comunicaron a Eulalia que ya habían decidido sus nombres religiosos: Catalina sería sor María Inmaculada y Ángela sería sor Clara. La superiora les hizo saber que estaba encantada con los nombres elegidos.

El Día de la Virgen fue la fecha designada por tradición para la misa, que fue oficiada por el obispo de Paraná.

Catalina recordaría cómo le temblaban las piernas al entrar a la iglesia, en la que no quedaba ni una punta de banco vacía. Gracias al cielo que Ángela iba su lado, con su mirada cómplice de asombro y emoción. El órgano y el coro de niñas las ayudaron a recorrer la interminable distancia hasta el altar.

Doña Ofelia viajó especialmente y usó dos pañuelos a falta de uno. Entendía que su hija mayor no le daría nietos, pero lo importante era que su salud mejoró y en cuanto la vio, supo que Catalina fue llamada por el Señor y que era su destino. La abrazó cuantas veces pudo y se deshizo en agradecimientos con Eulalia y sor Caridad.

Las dos hermanas recibieron mayores responsabilidades y tareas en el convento, más intelectuales y menos hogareñas, desconociendo por completo las verdaderas intenciones de la superiora acerca de su futuro.

Fue doloroso para Eulalia ver cómo Catalina se transformaba rápidamente en una suerte de secretaria privada de sor Caridad, por decisión y voluntad de la superiora. Sor María Inmaculada era responsable, eficiente, educada y –a esa altura de su estadía– había adquirido una cultura digna de mención. La única forma de no tomarle fastidio era tenerle cariño previamente.

Catalina desconocía que estaba siendo entrenada por la superiora y trataba de estar a la altura de sus nuevas funciones, pero observaba cómo Ángela disfrutaba y se divertía dando clases a las niñas. Por las noches compartían las experiencias del día y era sor Clara la que siempre se quedaba dormida plácidamente.

Transcurrió otro año y sor María Inmaculada cumplió dieciocho. Esa mañana se miró al espejo para peinarse y se dio cuenta de que ya casi no tenía marcas en la cara. Era notable cómo había mejorado de la lepra y qué distinta se sentía desde su llegada al convento. Extrañaba a su familia, aunque recibía correspondencia de su madre y de sus hermanas. El espejo también le devolvió la imagen de sus cambios físicos, en los que procuraba no pensar. Más de una noche soñó con Irineo y sus labios, despertándose angustiada ante la idea de la próxima confesión con el padre Gaspar.

Pasaba la mayor parte del día en el escritorio de sor Caridad, quien por la mañana temprano le daba instrucciones sobre la correspondencia y demás cuestiones que reclamaban su cuidado.

Llamaba la atención la cantidad de cartas que recibía la superiora todas las semanas, tanto de Paraná, como de Buenos Aires, pero también de Europa y África.

Al principio, sor María Inmaculada se había quedado con la boca abierta al ver los remitentes de lugares tan lejanos y desconocidos para ella como Bruselas, París, Gante y el Congo Belga. Era incapaz de preguntarle a sor Caridad al respecto, pero sí se atrevió a pedirle si podía conservar las estampillas, que le parecían obras de arte en miniatura.

Así fue como antes de adentrarse en el mundo de la post guerra, Catalina se enamoró de la filatelia.

Con el transcurso de los meses, la superiora empezó a deslizar cierta información acerca de las cartas recibidas, cuya respuesta le era dictada a Catalina, en castellano o en francés, según su remitente.

Como era de prever, sor María Inmaculada se interesó de inmediato en el contenido de lo que escribía y tomó cierta conciencia del mundo que se abría ante sus ojos.

Era evidente que la correspondencia que más le interesaba a sor Caridad era la que llegaba del Congo Belga, a la que siempre le daba prioridad, tanto si el remitente era institucional como si era de una mujer llamada Ingrid van den Berghe, cuya caligrafía era idéntica a la de sor Thérèse, superiora del hogar para niños de Leopoldville, capital del país africano.

La explicación llegó una tarde de ese invierno, con un té servido por Catalina a sor Caridad, quien estaba visiblemente perturbada: Ingrid y Thérèse eran la misma persona y era su hermana de sangre, tres años mayor que ella. Sor Thérèse partió de Bélgica al Congo Belga, al mismo tiempo que Caridad a la Argentina. Ninguna eligió su destino y sus superiores no tuvieron en cuenta el lazo de sangre.

Las hermanas belgas tomaron los hábitos porque quedaron huérfanas a la temprana edad de doce años y fueron recogidas por las hermanas de Gante, donde vivían. Ahora Ingrid estaba enferma y pedía ayuda a su hermana, en su doble condición de religiosa y único pariente.

Sor Caridad –cuyo nombre real era Ada– no dudó en tomar medidas ante su pedido de auxilio. El hogar congoleño estaba casi a la deriva, ya que la mano derecha de Thérèse había fallecido, víctima de la enfermedad del sueño, producida por la picadura de la mosca tse-tsé.

Ingrid tenía una condición cardíaca crónica y debía guardar el mayor reposo posible. La angustia y la responsabilidad por lo que pasaba a su alrededor en aquellos días no hacían más que agravar su estado.

III
LA PARTIDA

Catalina iba a cumplir veinte años y Ángela diecinueve. Con una segunda taza de té en la mano, sor Caridad decidió que había llegado el momento y dijo:

—Creo que sabe que desde su llegada le presté especial atención. Es evidente que es muy despierta y educada. En estos pocos años entre nosotras, se ha transformado en una joven ejemplar y no dudo de su compromiso religioso. He recibido autorización para que viaje al Congo Belga y se ponga a disposición de sor Thérèse, como su mano derecha, de inmediato. Le acompañarán sor Clara y Eulalia.

Después de semejante anuncio, la visiblemente perturbada era Catalina, quien no podía decidir si su nuevo destino era un premio o un castigo divino.

La joven entendía que debía sentirse halagada ante la demostración de confianza de sor Caridad, pero no creía que fuera capaz de encarar semejante misión. El convento había pasado a ser su casa y estaba muy conforme con su trabajo para la superiora. Las perspectivas de sentirse igual en el Congo Belga no eran imposibles, pero sí altamente improbables. Claro que sobre las decisiones terrenales de la superiora, estaban los designios del Señor, que en ese momento se atrevía a cuestionar desde todo punto de vista. Su próxima confesión con el padre Gaspar sería eterna.

Sor María Inmaculada estaba muy ensimismada como para prestar atención a los comentarios de la superiora, que aún a lo lejos sonaban a que era mejor no escucharlos.

Ada le contaba acerca de la importante misión realizada por la congregación en esas tierras tan lejanas, de evangelización y educación, sobre todo de niños. La Primera Guerra Mundial ya parecía muy lejana, pero la posterior había hecho todos los estragos posibles por esos lares. Si bien el hogar quedaba en las afueras de la ciudad, debió recibir a soldados congoleños que combatieron contra los italianos y formaron parte de la Campaña de Birmania. El rey belga permanecía en el exilio y el Congo quedó a disposición de los aliados.

En otras circunstancias a Catalina le hubiese maravillado aquel relato, pero en ese momento le resultaba muy angustiante y no podía procesar la información que sor Caridad insistía en volcarle.

De repente, osó interrumpir a la superiora para preguntarle:

—¿Podré despedirme de mi familia antes de viajar?

Ada se mostró contrariada, pero le contestó que arbitraría los medios para que pasara una noche en su Rancagua natal, antes de seguir viaje a Buenos Aires para tomar el barco al África. También le dijo que Ángela ya debía estar informada por Eulalia, ya que ambas tomaron un té en otra habitación con el mismo objetivo.

Sor María Inmaculada estaba agotada y agradeció que se diera por terminada la reunión. Cuando volvió a su habitación, se encontró con sor Clara llorando e intentó consolarla, pero terminó por abrazarla y lloraron juntas.

En menos de una semana, sor Caridad dio por terminados los preparativos. Ese domingo, las viajeras tuvieron su última misa, se confesaron con el padre Gaspar y comenzaron a despedirse de las demás. Las niñas lloraban por sor Clara, Eulalia estaba deprimida y el resto de las hermanas lloraban por todas. Catalina ya había llorado y se sentía mal, le dolía la garganta. No soportaba la idea de no volver a entrar a la biblioteca del convento, de no volver a comer los budines de sor Piedad, de no volver a regar el jardín, de no volver...

Fue escasa la información que les dio la superiora acerca del viaje, el que claramente sería largo y penoso. Les dijo que abordarían un barco en el puerto de Buenos Aires, que las llevaría a Ciudad del Cabo y que allí las esperaría el padre Manuel, quien era un cura jesuita español. Él las acompañaría en un primer tramo por tierra y luego las dejaría en manos de otro hermano de esa congregación, para continuar viaje hacia el norte.

Ninguna de las jóvenes pudo dormir la noche anterior a la partida y ese lunes a la mañana se levantaron cansadas. Todas trataron de que la despedida fuera breve. Cada una cargó su valija, que distaba de ser grande o pesada. Eulalia fue la responsable de los papeles y el dinero para el viaje.

La primera parada fue Rosario, que a Catalina le sobró por todos lados porque estaba muy ansiosa por llegar a Rancagua. Ante el escaso tiempo, Ada les envió un telegrama a sus padres, porque una carta probablemente hubiera llegado después de la breve visita de la hija.

Era casi de noche cuando las tres viajeras llegaron a la granja. Doña Ofelia les abrió la puerta y sin emitir sonido abrazó a su hija y lloró. Detrás estaban todos los hermanos, de punta en blanco, esperándolas, como don Jerónimo, que se puso el traje para esa ocasión.

La cena estaba lista y todos parecían tener hambre pero ningunas ganas de comer. Como era de esperar, el viaje resultó el tema excluyente y para el postre, quedó claro que todos los presentes se oponían firmemente a la partida, desafiando a las autoridades involucradas en todos los planos.

La despedida fue desgarradora, con Eulalia y Ángela de testigos silenciosos. Todos los miembros de la familia eran conscientes de que no sabían cuándo volverían a ver a Catalina.

Don Jerónimo las llevó con la chata hasta Pergamino, donde tomaron un colectivo que a media tarde las dejó en Buenos Aires y nada menos que en el Obelisco. Ninguna conocía la capital y miraban atontadas por las ventanillas. Casi todos los pasajeros bajaron ahí, que no parecía el lugar ideal por la cantidad de gente y transportes que circulaban.

Pasaron la noche en un hotel de pasajeros, del cual les quedaría un recuerdo vago por la mezcla de cansancio y excitación.

A la mañana siguiente tuvieron la experiencia de tomar un taxi, que las llevó al puerto. Eulalia protestó por la fortuna que les cobró el chofer.

IV
EL BARCO

E l barco era muy grande y muy feo. Se llamaba Capetown[2] y a Ángela le causó gracia. Las recibió el capitán, que parecía una caricatura salida de un libro juvenil, con su barba, su gorra y su pipa. Por circunstancias que nunca conocieron, resultó que el buen señor era mejicano, lo que resultaba muy útil por su castellano. Como correspondía a su nacionalidad, su nombre era Juan Antonio Hernández. Ese detalle le causó gracia a Eulalia. Pero lo que no le hizo gracia a ninguna de las tres, fue el horrendo camarote que les adjudicó: tres literas, una debajo de la otra con olor a todo y sin sábanas; arrimados a ella encontraron una mesa, una silla y un pequeño ropero que pedían la mano reparadora de un buen carpintero a viva voz. Era imposible distinguir el color de las paredes por la mugre y mucho menos intentar ver algo por el ojo de buey sin limpiar el vidrio. Ninguna dijo nada pero en cuanto estuvieron solas, congeniaron en tratar de limpiar esa pocilga cuanto antes y como pudieran.

---

[2]"Ciudad del Cabo"

Mientras trataban de acomodarse, el barco zarpó. Al mediodía fueron citadas al comedor para almorzar con el capitán, que parecía encantado de tenerlas a bordo. Les presentó a los oficiales, ya que el resto de la tripulación tenía otro lugar para comer.

Tres oficiales eran africanos, de piel muy oscura, color chocolate amargo. Catalina se dio cuenta de que los miraba demasiado y se avergonzó.

El capitán les informó que, con viento a favor, llegarían a Ciudad del Cabo después de navegar veintinueve días. Eulalia palideció ante la noticia.

La comida era aceptable y mérito de un cocinero francés, de nombre Gilbert, quien resultó cómplice de las pasajeras en la provisión clandestina de algunos elementos de limpieza para el camarote.

Durante el "operativo limpieza", descubrieron que convivían con una laucha, que hizo gritar a Eulalia y la hizo subir a su litera, de la que no bajó hasta que vino un marinero a hacerse cargo del exterminio del animalito. Después la tomó por la cola y se la llevó, mientras se reía de las invitadas.

El carguero hizo una breve parada técnica en el puerto de Montevideo, pero el capitán les ordenó a las hermanas que no desembarcaran, porque no podía proveerles un guardaespaldas y aquel puerto tenía mala fama en general.

Ya en mar abierto, tuvieron la primera tormenta del viaje, gracias a la cual Eulalia y Ángela descubrieron que se mareaban y ambas compartieron un balde esa noche, dentro del cual fue a parar la cena. Catalina no se mareó, pero descubrió que le daban miedo las tormentas en el mar, por lo que su cena también terminó dentro del balde, pero por otro motivo.

El día siguiente se presentó despejado y las tres decidieron asomarse a cubierta para tomar aire. El paseo fue arruinado por la presencia de varias hermanitas y tías de la laucha que descubrieron en el camarote y las tres volvieron a brindar un espectáculo gratuito de gritos y baile –para diversión de la tripulación– hasta que apareció el primer oficial a poner orden y les dijo a las hermanas que se acostumbraran, porque las ratas eran parte de la carga de ese tipo de barco.

Otro de los oficiales se apiadó del relato del balde y les regaló unas pastillitas para la próxima tormenta, con las que mantendrían quietos sus estómagos.

A Catalina y sus compañeras los días se les estaban haciendo eternos. Para pasar el tiempo le pidieron permiso al capitán para colaborar con Gilbert en la cocina. También se ofrecieron para las tareas de limpieza y orden general de los comedores y algunos camarotes. El mejicano accedió complacido, porque entendió que así las mantendría entretenidas y además sabía que un toque femenino de limpieza sería bastante favorable en ese barco.

Así y todo, sor María Inmaculada pasaba horas mirando el horizonte desde cubierta, pensando en Villaguay, en su familia y en el extraño mundo que las esperaba del otro lado del Atlántico. Para aliviar el aburrimiento, decidió llevar un diario de viaje en un cuaderno en blanco que, por suerte, se le ocurrió poner en la valija.

Todos los marineros las miraban, las observaban por demás, especialmente a Catalina. Había uno en particular que no le quitaba la mirada de encima.

Era feo, estaba sucio, tenía cara de malo y respondía al llamado de Callaghan, que era su apellido irlandés.

Callaghan aparentaba alrededor de cuarenta años. Tenía la mirada torva y no hablaba con nadie. Era el encargado de los motores del barco, por lo que siempre estaba abajo, pero subía a cubierta cada vez que podía. Catalina no podía entender que el marinero no respetara su hábito, el cual, por el contrario, parecía ser un incentivo. Pensó en hacerle un comentario a Eulalia sobre el irlandés, pero le dio vergüenza una posible mala interpretación de la hermana.

Era viernes y llevaban dos semanas de viaje, así que faltaba la mitad. Ya habían pasado por tres tormentas, la tercera de las cuales fue la peor. Esa noche estaba despejada y Catalina no tenía sueño. Estaba en cubierta, mirando las estrellas porque el resto era pura oscuridad, cuando de la nada apareció Callaghan y se le acercó peligrosamente. El irlandés masculló un par de frases, de las cuales Catalina sólo entendió: *woman*[3] y *long time*[4]. Sus intenciones eran claras; de hecho, la había tomado de un brazo. Catalina logró balbucear: *"I've got lepra"*[5], porque fue la mejor defensa que se le ocurrió. El maquinista se sorprendió del inglés de la monja, pero sin soltarla contestó: *"I don't believe you."*[6] *"I swear to God"*[7] fue la inmediata respuesta de sor María Inmaculada, la cual no surtió

---

[3] "mujer"
[4] "largo tiempo"
[5] "tengo lepra"
[6] "no le creo"
[7] "lo juro por Dios"

ningún efecto sobre el marinero, quien apretó más el brazo de la joven.

—¡Callaghan! —gritó el capitán desde la otra punta de la cubierta, a espaldas de Catalina.

El maquinista reaccionó, soltó a la joven, dio media vuelta y se lanzó por la escalera que iba directo desde la cubierta a la sala de máquinas. El capitán se acercó hasta donde estaba sor María Inmaculada, que parecía haber quedado petrificada y temblaba.

—¿Está bien hermana? ¿Esa bestia la lastimó? —el mejicano había adoptado un tono casi paternal.

—Sí capitán, estoy bien, pero creo que gracias a que usted apareció —a Catalina le costaba hablar.

—Ese Callaghan es terrible; si hubiera sido por mí, lo hubiese dejado en Buenos Aires, pero no fue posible. He venido observando cómo la miraba. Yo me encargo de él, pero le pido que a partir de ahora no se quede sola en cubierta a ninguna hora del día.

Catalina le agradeció al capitán y se fue al camarote, donde encontró a sus compañeras dormidas, lo que era una bendición porque no estaba en condiciones de dar ninguna explicación en ese momento.

A la mañana siguiente, sor María Inmaculada contó el episodio de la noche anterior a sus compañeras. Ángela quedó muy impresionada y Eulalia muy preocupada, como correspondía a la edad y rango de cada una de ellas. Acordaron que ninguna de las tres debía estar sola en ningún momento y que reportarían al capitán cualquier actitud sospechosa de los tripulantes.

En teoría quedaban diez días de viaje. Los pocos libros que habían llevado entre las tres, ya podían ser recitados por Catalina. Sus compañeras pasaban horas tejiendo, pero el tejido nunca había sido de su agrado, por lo que tampoco se había esforzado por aprenderlo. Se entretenía largos ratos con su diario de viaje, el que pensaba guardar de recuerdo. Las tres jugaban interminables partidos de canasta, con cartas francesas prestadas por Gilbert.

No volvieron a ver a Callaghan, quien fue confinado por el capitán a permanecer en su lugar de trabajo.

Ninguna logró acostumbrarse a los roedores, pero la colonia parecía haber disminuido en los últimos días o por lo menos se los veía menos.

Eran notables los cambios de humor que Catalina experimentaba durante el día. Tanto mar y cielo y aburrimiento y hombres sucios y olas... la sola idea de tener que volver a pasar por esa tortura para volver a la Argentina se le hacía insoportable.

Con excepción del capitán y de Gilbert, el resto de la tripulación era muy renuente a la charla, más allá de los idiomas. Con los días, fueron descubriendo que había marineros portugueses, italianos, sudafricanos, franceses, brasileños, cubanos, ingleses y algún que otro argentino.

El pobre cocinero se estaba quedando con las provisiones justas y menos atractivas, por lo que intentaba hacer milagros con las comidas para dejar contentos a sus comensales. Sin duda, las comidas pautaban el día y cortaban el opio, especialmente si el clima no ayudaba.

La última semana fue eterna para todas. Catalina se sentía atontada. Tenía que consultar el reloj para saber qué hora era y su cuerpo siempre le indicaba una distinta. Eulalia y Ángela no estaban mucho mejor. Hasta los marineros parecían ansiosos por llegar.

Dos días antes tuvieron una tormenta espantosa. El barco se movía de lado a lado, como si fuera un juguete en manos de un chico. Para desesperación de Gilbert, se abrieron las puertas de los muebles de la cocina y gran parte de lo que se podía romper se quebró. Y por los pasillos rodaron las latas de comestibles que luego todos se esforzaron por juntar.

El día siguiente fue muy deprimente porque siguió lloviendo y todos estaban mojados y de muy mal humor. En algún momento durante la travesía el capitán había propuesto una última cena a modo de festejo por el arribo; pero dada la realidad penosa en que terminaron, la celebración nunca se concretó.

Era domingo y con el amanecer, las monjas despertaron sobresaltadas al escuchar el grito de: «Tierra a la vista» de un marinero. Eulalia tomó a las jóvenes de las manos, las invitó a arrodillarse y a rezar juntas, agradeciendo al Señor por haber llegado sanas y salvas al África.

Ya habían sido instruidas por el capitán sobre el procedimiento de desembarco, que finalmente se produjo al mediodía.

Todas se despidieron cariñosamente de Gilbert y del capitán –no así de Callaghan– y saludaron al resto de la tripulación, muy agradecidas.

V
SAN IGNACIO

Las franciscanas descendieron juntas, cada una con su valija y empezaron a buscar con la vista a su supuesto anfitrión jesuita. Eulalia estaba pálida e intentó hablar antes de desmayarse pero no lo logró. Las jóvenes empezaron a pedir ayuda –una en inglés y la otra en francés– mientras trataban de hacerla reaccionar. De repente, Catalina notó que a su lado había un hombre que vestía sotana negra: era el padre Manuel, gracias al cielo y a todos los santos. Era un hombre alto, muy delgado y con facciones bastante españolas. Sin presentación previa, el sacerdote dijo:

—No os preocupéis hermanas, se ha desmayado por el "mareo de tierra".

El término era desconocido para las jóvenes, pero era lógico después de un mes arriba de un barco. Catalina se sentía mareada y suponía que Ángela también. Eulalia logró reaccionar pero le costó entender quién era ese hombre.

Ya con las tres de pie, se saludaron como correspondía. Entre todas apabullaron al pobre cura con sus comentarios, a los que él hizo caso omiso, mientras las conducía fuera de ese puerto infernal.

Manuel cargó dos de las tres valijas hasta un pequeño camión que parecía de estilo militar y del que descendió otro sacerdote de sotana negra para recibirlas.

—Buenas tardes hermanas, soy el padre José. Bienvenidas.

José era mucho más joven que Manuel y Catalina se incomodó porque no pudo evitar que su cara le recordara a Irineo. El joven cura cargó las tres valijas en la parte de atrás, le cedió el volante a Manuel y las hermanas se sentaron junto al mayor en la cabina.

No tenían idea de a dónde las llevaban, pero ninguna desconfiaba de los hermanos jesuitas. Antes de que Eulalia preguntara, el padre Manuel les dijo:

—Este viaje será mucho más corto. En una hora estaremos en nuestra querida Iglesia de San Ignacio. Hemos hecho arreglos para que el miércoles salgáis ya con rumbo al norte, por lo que tendréis tres noches de buenas camas, baño y comidas. —El padre Manuel intentaba ser amable y hospitalario, aunque se notaba que no eran cualidades a flor de piel en él.

Catalina optó por dejarles el peso de la conversación a sus compañeras y se distrajo con el paisaje a su alrededor. Recién en ese momento notó que tenía mucho calor y sed, pero se dijo que si había sobrevivido al barco, podía aguantárselas hasta el próximo destino.

Iban por una ruta polvorienta, desde la cual todavía se podía ver el mar, pero lo que impresionaba era la vegetación y sor María Inmaculada no lograba reconocer una sola planta o árbol. Al cabo de un rato en el coche debió quedarse dormida, porque Ángela tuvo que sacudirla para avisarle que habían llegado.

La iglesia era bastante grande y toda blanca. Catalina sonrió al recordar que su madre decía que el blanco siempre daba sensación de limpieza y agrandaba las habitaciones.

Detrás de la iglesia estaba la casa de los sacerdotes, en forma de letra "U", con un lindo jardín en el medio, y las tres monjas se relajaron al ver que estaban en un lugar muy agradable, no muy distinto del convento.

Salieron a su encuentro varios sacerdotes, haciéndose las presentaciones de rigor, pero Catalina se sentía tan aturdida que no logró registrar una sola cara o nombre.

El padre Manuel las condujo a una habitación de buen tamaño, con tres camas ya listas para ellas. Les dijo que les haría alcanzar bebidas y sándwiches y les mostró el cuarto de baño.

Eulalia y Catalina se desplomaron sobre las camas, que olían a sábanas tendidas al sol. Ángela parecía pasada de revoluciones y no se quedaba quieta.

Todas disfrutaron el refrigerio como si se hubiera tratado de un manjar, especialmente de un jugo de color verdoso, que les pareció exquisito y que provenía de frutas que no conocían. Más tarde, cada una se tomó su tiempo en el baño, como si se tratara de la última vez que fueran a bañarse.

Durante la cena, el padre Manuel les dio una excelente noticia: un hombre que no faltaba nunca a misa los domingos, sentía que les debía muchas confesiones a los sacerdotes de San Ignacio. Este buen hombre era el piloto de un avión de carga y correo, que ese miércoles debía viajar desde Ciudad del Cabo a Leopoldville y estaba dispuesto a transportar a las tres hermanas. Su nombre era Frank y era sudafricano. El avión debía hacer unas paradas intermedias, pero saldrían temprano a la mañana y llegarían al anochecer al destino. Frank les ofrecía una jornada de avión contra tres mil quinientos kilómetros de tierra.

Ninguna de las tres había viajado nunca en avión, por lo que la alegría y excitación fueron inmediatas. Pero lo más importante era que después de un mes en barco, llegarían al Congo Belga en cuestión de horas. Eulalia se puso un tanto emotiva por la buena suerte que tuvieron con los hermanos jesuitas.

Esa noche durmieron plácidamente, como hacía un mes que no lo hacían. Sor Clara y sor María Inmaculada se despertaron al alba, por costumbre. No se escuchaba ningún gallo pero el sol ya estaba firme en su lugar. Les llamó la atención que Eulalia no se hubiera despertado. Catalina se acercó y notó que la hermana tenía la cara colorada. Sin pensarlo, le tocó la frente: hervía. Le ordenó a Ángela que se vistiera y que llamara al padre Manuel.

Manuel se preocupó y le indicó a José que fuera a buscar al médico del pueblo, de inmediato. Mientras tanto, les dijo a las jóvenes que prepararan paños de agua fría y que intentaran darle líquido para evitar que se deshidratara.

José volvió solo dos horas después. El médico había salido por una emergencia y nadie supo decirle cuándo volvería.

Eulalia estaba semiconsciente y no quería ingerir nada. Catalina le preguntó al padre Manuel si podían llevarla a un hospital, pero el sacerdote le contestó que no le parecía atinado subirla al camión en ese estado. Mandó a comprar una barra de hielo y a buscar nuevamente al médico. José volvió con el hielo pero sin el galeno, sintiéndose inútil y avergonzado como si fuera culpa suya.

Todos desesperaban alrededor de Eulalia. Manuel hizo preparar un brebaje de ingredientes inciertos, que debía colaborar con la fiebre, pero la monja apenas se mojó los labios. Parecía incapaz de abrir la boca y tragar.

Manuel congregó a todos en la iglesia antes de la cena y ofició misa, con el sólo propósito de rezar por Eulalia. Catalina y Ángela asistieron contra su voluntad, porque ninguna quería separarse ni un minuto de la enferma. Quedó a su lado un monaguillo, de nombre Joao y de origen portugués. Mientras Manuel terminaba de dar la hostia a los presentes, las hermanas vieron que Joao entraba por el costado del altar y se acercaba al sacerdote, susurrándole al oído. Manuel empalideció y salió rápidamente de la iglesia. Todos se miraron y las jóvenes decidieron que Eulalia era más importante que la hostia. Se pusieron de pie y siguieron al cura.

Cuando llegaron a la habitación, vieron que Manuel se había sentado al lado de la cama de Eulalia y tenía tomada su mano izquierda. Las miró y se limitó a negar con la cabeza.

—No puede estar muerta… —fue la primera reacción de Catalina.

—Pues no respira ni tiene pulso —fue la seca respuesta del español, que estaba visiblemente afectado.

Eulalia era la primera persona muerta que Catalina veía en su vida. La monja estaba de un color amarillo grisáceo y ese era el color de la muerte. Ahora lo sabía.

Ángela se tapó la boca con las manos y lloraba. Catalina la rodeó con los brazos, al mismo tiempo que le decía a Manuel:

—Por favor padre, tápele la cara.

El sacerdote cubrió a Eulalia con la sábana y salió de la habitación, entendiendo que las jóvenes tenían que despedirse a solas.

Esa noche no hubo cena comunitaria. Nadie tenía hambre, pero Manuel citó a las jóvenes en su despacho para decirles que podían dormir en otra habitación y que por la mañana enterrarían a Eulalia en el pequeño cementerio de la iglesia.

Las jóvenes no tenían consuelo. Tan contentas que habían estado la noche anterior… ¿Eulalia estaba enferma y no lo sabía? ¿Lo sabía y no les dijo nada? ¿Fue por algo que había en el barco? Nunca lo sabrían.

Catalina sentía que no hicieron nada por salvarla, por tratar de saber qué le pasaba. Ahora estaban solas. De un día para otro ella se convirtió en la mayor y la responsable por Ángela, como una hermana. No sabía si quería irse o quedarse con los jesuitas, pero en realidad no tenía opción. Pobre Eulalia, en el momento de su muerte estuvo sola y quedaría enterrada en aquel lugar que les era tan ajeno, cuidada por desconocidos.

Ninguna concilió el sueño. Se levantaron al alba, se vistieron en silencio y esperaron a que fueran a buscarlas para el entierro.

Manuel ya había hecho cavar la fosa y el cuerpo de Eulalia estaba dentro de un cajón de madera muy sencillo, de color oscuro.

Ángela apoyó el rosario de Eulalia sobre el cajón, ya cerrado. Manuel leyó algunos pasajes de la

Biblia elegidos por él y pronunció ciertas frases de rigor. Las jóvenes entendieron que él no podía hablar de alguien a quien en definitiva no había conocido. Estaba nublado y todo indicaba que se avecinaba una tormenta. Sor María Inmaculada tenía una tristeza infinita y sor Clara no lograba dejar de llorar. Qué amable hubiera resultado la presencia de otra monja con quien hubieran podido intercambiar alguna mirada, un gesto. La sotana negra de los presentes no ayudaba con el hecho de que eran hombres, que estaban incómodos y que querían resolver rápidamente esa situación.

Cuando terminó el entierro, los sacerdotes volvieron a sus tareas habituales y las jóvenes a su habitación. Llegó la tormenta anunciada y no paró de llover durante el resto del día.

Manuel les ofreció a las hermanas que almorzaran en el dormitorio si preferían estar solas, y así fue. También les explicó que no podían postergar el viaje al Congo, porque Frank no sabía con certeza cuándo volaría nuevamente. Ninguna tenía fuerzas para ir a ningún lado, pero entendían la falta de alternativa. Catalina y Ángela se quedaron acostadas –como si estuvieran convalecientes– y prepararon sus cosas para el viaje. Ambas insistieron en llevarse la valija de Eulalia –por todos los motivos posibles o por ninguno– y por suerte Manuel no se opuso.

Por la noche, sor Clara y sor María Inmaculada participaron de la cena, por educación y no por hambre. El padre Manuel aprovechó para anunciarles que había decidido que el padre José las acompañaría en su viaje hasta el final, que era un pequeño poblado llamado Mumba, a unos cincuenta kilómetros al sur de

Leopoldville. El joven cura parecía muy entusiasmado con la aventura. Las franciscanas levantaron el ánimo ante la noticia, que era bienvenida desde todo punto de vista. Se fueron a acostar con otra perspectiva. Catalina sintió que ya no estaban tan solas y que la presencia de José le quitaba de encima el peso de toda la responsabilidad por el bienestar de Ángela.

A la mañana siguiente estuvieron en pie a las seis. Desayunaron y juntaron el equipaje. Se reunieron con José en el despacho de Manuel, de quien se despidieron muy agradecidas. El sacerdote les comunicó que en cuanto le fuera posible, le enviaría un telegrama a sor Caridad, entendiendo que la superiora debía estar notificada de los acontecimientos ocurridos. Sor María Inmaculada estuvo de acuerdo, aunque se atrevió a pedirle que le aclarara a sor Caridad que lo mejor era que no les avisara nada a sus padres, para no preocuparlos sin mayor sentido.

Los tres viajeros se subieron al mismo camión que los fue a buscar al puerto. Esta vez el conductor era Joao y el destino era un aeródromo, a treinta kilómetros de la iglesia, hacia Ciudad del Cabo.

VI
EL AVIÓN

Cuando llegaron, Frank los estaba esperando, ya con los motores de su avión en marcha. Era alto, rubio y con un zapato negro. Catalina no pudo obviar el detalle del zapato, porque el otro era marrón, aunque había que reconocer que del mismo modelo y grado de desgaste. ¿Frank se habría dado cuenta? ¿Habría perdido el otro zapato negro? Qué intriga.

Lejos de los zapatos y después de las presentaciones, José pareció muy interesado en el modelo del avión. Cierto que además de sacerdote era hombre… y como Frank también era hombre y no cura, se entusiasmó con la conversación, precisando que se trataba de un Avro 685 York de la guerra, construido por los británicos para la RAF[8], que tenía gran capacidad de carga y alcance. Una variante del modelo era para uso civil y uno de los operadores fue la South African Airways, gracias a la cual él piloteaba ese avión.

---

[8]Royal Air Force: Real Fuerza Aérea: rama aérea de las Fuerzas Armadas Británicas.

A las jóvenes aquella conversación les dio sueño. Se limitaron a subirse al aeroplano y estar listas para el despegue.

José fue invitado de copiloto y la cara de niño *boy scout* del cura no tenía desperdicio.

Cuando despegaron, Catalina sintió cómo se le tapaban los oídos y se le movía el estómago. Ángela estaba pálida y parecía que sólo se ocupaba de respirar. Sor María Inmaculada -quien tomó la precaución de guardar las pastillas para el mareo que les regalaron en el barco- decidió que mal no les harían, así que sacó el paquetito de uno de sus bolsillos, tomó una y convidó otra a su compañera.

La cabina estaba separada de los pocos asientos para pasajeros, ya que el resto del fuselaje era espacio para carga. Frank llevaba bultos de todos los tamaños y colores, pero era imposible precisar qué, ya que nada tenía etiquetas o envoltorios que indicaran su contenido. Lo importante era que no allí no venían escondidas las temidas ratas.

La primera parada sería en las afueras de Luderitz, en Namibia, y tardarían menos de dos horas en llegar, según Frank.

Era un día bastante soleado y no muy caluroso. A Catalina le interesaba mucho ver los paisajes desde el aire, pero no pudo evitar adormilarse en ese primer tramo, más por un efecto relajante que por sueño en sí.

El aterrizaje parecía no ser la especialidad de Frank y el sacudón fue fuerte al tocar tierra. El piloto les dijo que podían bajar a estirar las piernas, pero que no se separaran del avión ni hablaran con nadie. Eran las once de la mañana y Catalina daba su vida por cualquier infusión, que no fue ofrecida.

Mientras tanto, Frank bajaba algunos bultos y cajas hasta un tráiler para equipaje que acercaron al avión, el que a su vez era tirado por una especie de carrito de golf, conducido por un joven namibio que ni siquiera saludó.

Frank se subió al carrito y desapareció un buen rato. A lo lejos se podía ver que se detuvo en el hangar, que era la única construcción visible alrededor. Volvió munido de unas botellas de vidrio y una bolsa, que contenía unos panes que no parecían tales.

—Muchachos, es todo lo que conseguí para el almuerzo. Tranquilos, que yo ya he probado todo esto. Lo hace la madre de ese muchacho —dijo Frank ofreciéndoles lo que traía en las manos—. Nuestra próxima parada es Ondangwa. Tardaremos unas tres horas y no hay un restaurante de camino —agregó el piloto, divertido con su propio comentario.

Las botellas resultaron contener un jugo amarillento, fresco y rico. Los panes parecían estar rellenos con queso de cabra y a los jóvenes les encantaron.

Catalina no se durmió y pudo ver el paisaje desde el aire. En un primer tramo, la vista ofrecía un panorama bastante desértico, con dunas que parecían cubiertas por sábanas de seda, pero a medida que avanzaban hacia el norte, el paisaje se fue mezclando con montañas y alguna vegetación. Lo que las argentinas nunca olvidarían fueron las jirafas, elefantes, rinocerontes, cebras y antílopes que vieron en aquel viaje, de los cuales no pudieron sacar ni una foto porque no tenían cámara.

El segundo aterrizaje no fue más auspicioso que el primero, a pesar de que la pista era mucho mejor.

Ondangwa era un pueblo con un aeropuerto, lo que no tenía sentido, hasta que Frank les explicó que estaban muy cerca del límite con Angola y que fue construido y usado por militares durante la guerra. Esta vez, el piloto les ordenó que no descendieran del avión.

El siguiente destino era Luanda, la capital de Angola. Tardaron algo más de dos horas y Frank aterrizó en un aeródromo fuera de la ciudad. La parada fue breve y el sudafricano volvió con una especie de termo que contenía café, justo a tiempo para la hora de la merienda. *Bendito sea Frank*, pensó Catalina.

El último tramo fue el más corto. Los hombres coordinaron que ellos tres pasarían la noche en la ciudad, en la casa de un conocido del piloto, que los esperaba. También se trataba de un señor que no faltaba a misa y que se confesaba regularmente.

VII
LEOPOLDVILLE

Una hora después aterrizaron en el aeropuerto de Leopoldville. Descendieron con Frank, quien les indicó un transporte público que los dejaría a pocas cuadras de la casa donde los esperaban. Frank dibujó un pequeño mapa y se lo entregó a José para que no se perdieran. Se despidió cariñosamente de todos y le informó al sacerdote que calculaba volver en un mes. José debía contactarse si quería regresar con él a Ciudad del Cabo.

Ya era de noche y Leopoldville parecía una ciudad con mucho movimiento. Todos se sorprendieron por lo que iban viendo desde el autobús. Después de un rato, José se empezó a preocupar y a mirar el mapa de Frank. Quiso hablar con el chofer en francés y no tuvo suerte. Ángela probó en inglés y tampoco, pero le contestó otra pasajera, a quien le mostraron el dibujo de Frank y les dijo que faltaba poco.

Con el aviso preciso de donde descender, los tres quedaron parados en lo que parecía la mitad de la nada. Estaban cansados, con hambre, sed y ningunas ganas de caminar.

José rezó porque el mapa de Frank fuera exacto y siguieron esas indicaciones. Seis cuadras después, vieron un grupo de construcciones un tanto precarias. Frank había mencionado que la casa de Antoine era de color vainilla y así pudieron reconocerla. José tocó a la puerta y el hombre que la abrió era definitivamente africano, no muy alto y con mucho pelo enmarañado.

Antoine hablaba francés y fue muy hospitalario. Tenía más o menos la misma edad que Frank, es decir, que podía ser padre de las jóvenes. Vivía solo y nadie se atrevió a preguntar al respecto. Su casa no era muy grande, pero parecía limpia y ordenada. Tenía dos cuartos, por lo que le dijo a sor Clara y a sor María Inmaculada que podían dormir en el dormitorio vacío. A José le dijo que podía dormir en un sofá viejo y desvencijado que había a un costado del comedor.

Les ofreció un plato de *fufu* con sopa de maní. Las jóvenes no conocían esos platos típicos, pero José sí y les hizo señas de que comieran tranquilas.

A la mañana siguiente, todos se pusieron en marcha temprano. En algún momento posterior a la cena, José y Antoine habían arreglado que él los llevaría hasta un pueblo cercano, en donde conocía a un hombre que cada tanto iba hasta Mumba.

Ante la total falta de un mejor plan, la propuesta de Antoine era fantástica, por lo que los tres se subieron a lo que quedaba de un auto que daba la impresión de estar abandonado, pero que arrancó sin protestar.

Llegaron al pueblo y Antoine se dirigió a lo que parecía ser una especie de almacén. Les dijo que esperaran en el auto. Volvió diez minutos después, con cara de satisfacción porque había encontrado a Badrú, quien los llevaría en su camión hasta el destino.

Badrú era ciento por ciento congoleño y cada tanto llevaba provisiones a Mumba, algunas de las cuales eran para el hogar.

Se limitó a saludarlos con un gesto y con otro les indicó que subieran a la parte de atrás del camión, entre bultos varios.

Los religiosos se despidieron de Antoine. Hacía calor y el camino era muy malo, pero sólo eran cincuenta kilómetros hasta Mumba, para lo cual tardaron más de una hora.

VIII
SAN FRANCISCO

Mumba resultó ser poco más que un caserío y lo único destacable era la Iglesia de San Francisco, así llamada por obvias razones franciscanas.

El hogar estaba detrás de la iglesia, por lo que hasta ahí era una estructura conocida, pero también era el fin de las buenas noticias.

La iglesia no sólo que no era blanca sino que daba la sensación de estar más torcida que la Torre de Pisa y en peor estado que Londres después de un bombardeo alemán.

Badrú detuvo el camión en la puerta. Los jóvenes descendieron del camión y se quedaron parados, como esperando instrucciones.

De repente aparecieron varios niños –cual enjambre de abejas– a revolotear alrededor del camión, como si Badrú fuera un heladero o regalara caramelos.

A simple vista, todos los infantes estaban mal alimentados y descalzos. Era evidente que conocían al proveedor, pero cuando se percataron de la presencia de extraños, se quedaron quietos, como si estuvieran jugando a las estatuas.

Por un costado de la iglesia apareció una monja, de unos diez años más que Catalina. Estaba sin calzado, su hábito era casi un harapo y tenía un cansancio infinito instalado en el rostro.

Se sorprendió al ver a los jóvenes, aunque optó por ir al encuentro de Badrú, con quien habló en lingala, que es una lengua bantú muy usada en esa zona del Congo, con gran mezcla de francés y algunos toques de portugués, holandés e inglés entre su vocabulario.

El trato con Badrú era amable pero formal. El proveedor se limitó a bajar unos pocos bultos del camión y llevarlos dentro del hogar.

La hermana se acercó a los recién llegados y habló en francés. Se presentó como sor Adèle. José se adelantó y en un francés con acento español, hizo las presentaciones del caso.

Adèle puso cara de que le dolían los oídos por el pésimo francés del jesuita. Catalina intentó remediarlo, pero no lo logró porque la anfitriona hizo gesto de que la siguieran. Los condujo directamente al hogar, sin pasar por la iglesia. Les indicó que dejaran las valijas en lo que pretendía ser un *hall* y siguieron por un pasillo, hasta entrar en una sala con escritorio.

Todo se veía en muy mal estado. Daban ganas de pintar y fregar, como mínimo.

Sor María Inmaculada supuso que las estarían esperando, que se alegrarían al ver que llegaban los refuerzos. Pero hasta el momento la actitud de Adèle parecía ser lo opuesto.

Catalina intentó iniciar una conversación informativa y amable en su mejor francés:

—Sor Adèle, hace más de un mes que salimos de Buenos Aires, hemos llegado tan pronto pudimos. La hermana Eulalia falleció en Ciudad del Cabo, víctima de una fiebre repentina. El padre José nos ha acompañado desde Sudáfrica hasta acá. En otro momento le podemos contar las peripecias de nuestro viaje, si le parece. Ahora le pregunto, ¿cómo está sor Thérèse?

—Muy mal. Ya no se levanta de la cama, está postrada. Duerme la mayor parte del día. Yo la atiendo personalmente —fue toda la respuesta de sor Adèle, como si no hubiera escuchado la introducción de sor María Inmaculada.

Parecía ridículo esperar que Adèle ofreciera un vaso de agua siquiera.

—Lamento que sea así, hermana. ¿Usted está a cargo del hogar? —se atrevió a preguntar tímidamente Catalina.

—Desde que falleció sor Genevieve estoy a cargo, contra mi voluntad.

Los tres la miraron incrédulos, dando por sentado que Adèle continuaría con una explicación, pero no fue así.

José decidió intervenir:

—Sor Adèle, yo no podré volver a Ciudad del Cabo hasta dentro de un mes, por falta de transporte. Me pongo a vuestra disposición, para todo tipo de tareas y si es necesario, puedo extender mi estadía.

—Gracias padre. Debo reconocer que somos muy pocas y algunas tareas requieren manos de hombre.

Con esa breve frase, sor Adèle dio por terminado ese primer encuentro. Catalina supuso que a continuación les mostraría el lugar y les presentaría al resto de las hermanas. No, sor Adèle no respondía a esos códigos de protocolo y como en realidad no tenía prevista la llegada de los refuerzos, no tenía un cuarto preparado para ninguno, por lo que optó por improvisar y mostrarles a las jóvenes una habitación que estaba llena de objetos diversos y en total desorden. Las hermanas se miraron y entendieron que debían hacerse cargo de inmediato de ese aquelarre, si pretendían dormir en una cama esa noche.

A José lo condujo a un cuartito que parecía haber sido destinado a la tarea de costura, en alguna otra década. Finalmente, y como al pasar, les indicó dónde podían encontrar los vestigios de la ropa de cama.

Antes de que sor Adèle desapareciera, se atrevieron a preguntarle por la cocina y la posibilidad de preparar algo para comer. Les indicó el camino, sin acompañarlos, argumentando que tenía un millón de cosas que hacer.

Catalina fue en representación del trío hasta la cocina. Al entrar, vio a una monja mayor, de espaldas a la puerta, pelando e hirviendo verduras.

Sor María Inmaculada optó por el francés para presentarse. La monja se dio vuelta y se mostró muy sorprendida por la situación, pero daba la impresión de haberse emocionado y contestó:

—Gracias al Señor, mis plegarias han sido escuchadas hermana. Bienvenida. Soy sor Bernadette y podrá ver que estoy a cargo de la cocina, si se puede llamar así a esta ruina. —Su voz era suave, casi dulce.

Catalina se sintió aliviada de ver una cara amable, sonriente y con una reacción positiva a su llegada. Así como sospechaba que sería difícil entenderse con Adèle, le pareció que sería muy fácil congeniar con Bernadette, quien de inmediato preparó una bandeja con jugo y unos bollos.

Intercambiaron unas breves frases sobre los acompañantes de sor María Inmaculada y el recibimiento de sor Adèle. Catalina partió con la bandeja y la consigna de que se reunirían todos para la cena.

Ángela y José estaban visiblemente acalorados y fastidiados con la imposible tarea de dar forma a los cuartos, sobre todo el jesuita, por la simple razón de su condición masculina y la falta de maña para ese tipo de tarea.

No era mucho lo que quedaba de la tarde y las argentinas hicieron lo que pudieron con su propio cuarto y el del joven cura. En comparación, el camarote fue bastante fácil de acomodar y quedó mucho mejor. Por lo menos no se veían ratas por ningún lado.

Apenas se hizo de noche, Bernadette fue a buscarlos para la cena. El comedor era una habitación grande, contigua a la cocina. Una mesa larga hecha con tablones, sin mantel y bancos fraileros constituían el mobiliario. Las paredes eran grises –no por elección– y la poca iluminación con la que contaban venía de lámparas de aceite. Mumba no tenía agua corriente ni luz eléctrica.

Catalina contó quince chicos sentados a la mesa. Todos tenían un plato pero no todos tenían cubierto ni vaso. Ni pensar en servilletas. En las puntas vio un total de cuatro monjas sentadas, sin vajilla alguna frente a ninguna de ellas.

Los recién llegados se quedaron parados en una esquina, esperando indicaciones, justo cuando Adèle entró al salón.

Sin ninguna introducción y por obligación, sor Adèle debió hacer las presentaciones del caso, para lo cual se paró en una de las puntas y dijo:

—Hermanas, niños: les presento a sor María Inmaculada y a sor Clara, de nuestra congregación, quienes han viajado desde la Argentina para ayudarnos. El padre José es de la congregación de los hermanos jesuitas de Sudáfrica y las ha acompañado desde allí. Se quedará un tiempo con nosotras y ha ofrecido su colaboración para tareas diversas. Hermanos, les presento a sor Paulette y a sor Astrid, de Bélgica; a sor Úrsula de Suiza y a sor Yvonne, de Holanda. Ya han sido presentados con nuestra querida sor Bernadette, de Francia, como yo. Somos las que quedamos en pie. También nos acompañan, como laicas, Saida y Rachida, originarias de Mumba. Tomen asiento. Como verán, estamos escasos de vajilla. Primero comen los niños y después nosotras —dicho lo cual ocupó su lugar y olvidó por completo a los invitados.

Las demás saludaron con gestos, pero nada más. Bernadette les hizo señas de que se sentaran junto a ella, un tanto apretados. Fue a la cocina y volvió con una gran olla que olía bastante bien. Con un cucharón fue sirviendo todos los platos que encontró a su paso. El resultado era una suerte de caldo de verduras con pedacitos de pescado. Catalina pensó que doña Ofelia hubiera dicho que se trataba de un chupín.

Todos los chicos comieron encantados. Se relamían. Había algunos bollos de *fufu* desparramados por la mesa, los cuales desaparecieron en un minuto.

Cuando terminaron la breve ingesta, todos levantaron su plato, cubierto y vaso y se dirigieron en orden a la cocina. Entre tanto, las monjas se congregaron en una punta y sor Bernadette invitó a los recién llegados a que se unieran en ese sector de la mesa. Unos minutos después, las niñas reaparecieron con un plato, un vaso y un cubierto para cada adulto y los dispusieron frente a cada uno.

Saida volvió con la olla y sirvió el chupín restante. Catalina notó que José estaba tentado de hablar, pero, al sentirse observado, optó por comer. Parecía que durante la comida no se hablaba. Tal vez fuera un código Adèle.

Ante el silencio impuesto, sor María Inmaculada decidió mirar a sus nuevas compañeras: Adèle era la más joven por lejos; las demás aparentaban por lo menos cincuenta años, aunque quizás todas daban más edad de la real por el cansancio y la total falta de arreglo. La única que tenía calzado puesto era Bernadette. Los hábitos de todas estaban desvaídos y remendados. La edad de las congoleñas era incierta, pero parecía ser una característica de la gente de color. También estaban descalzas pero usaban ropa fresca y clara, que contrastaba con su piel.

Terminado el plato, Rachida trajo una fuente con fruta, algunas de las cuales eran fácilmente reconocibles y otras no. Como si se hubiesen quedado escondidos en la cocina, reaparecieron todos los chicos y se sirvieron algunas frutas, que compartían en la mayoría de los casos.

Catalina y Ángela se pararon para levantar la mesa y llevar platos a la cocina. Nadie se opuso. José se quedó sentado a la mesa, solo, sin saber qué hacer.

Las congoleñas eran las encargadas de terminar la cocina después de la cena. Era evidente que no había café o sobremesa alguna y todas las demás se habían retirado, sin saludar, por cierto.

Las argentinas se dieron por cumplidas, rescataron al jesuita y fueron juntos hasta sus respectivos cuartos, despidiéndose hasta el día siguiente. Eran las ocho de la noche, pero para ellos el día se les hizo eterno.

En la intimidad, las hermanas intercambiaron primeras impresiones. A Catalina le resultó notable cómo ella se dedicó a observar a los adultos y Ángela a los niños. Era innato en cada una. Ambas querían empezar de inmediato a hacer de todo, cada una en su campo.

IX
ADÈLE

A las seis, sor María Inmaculada fue la primera en despertarse, por costumbre. Mientras se vestía, miró el cielo por la ventana, a la que le faltaba un vidrio y tenía el resto sucio. Qué distinto era el cielo en África. El sol también. Era difícil describir porqué.

Sentía la imperiosa necesidad de bañarse, pero en el baño lo único que encontró fue una vasija con agua, como para lavarse.

Todos coincidieron en el comedor para el desayuno. Los chicos tenían cara de dormidos. Las tazas se complementaban con vasos y todos tomaron algo que pretendía ser té, complementado con bollos, un poco de queso blanco y frutas. No estaba mal, pero existía un serio problema entre la cantidad de comensales y la cantidad de alimentos.

Durante el desayuno, parecía que la conversación estaba permitida. Catalina eligió a Bernadette para obtener información.

—Hermana, ¿cómo debemos hacer para bañarnos? —fue la primera pregunta que quiso hacerle.

—Sor María Inmaculada, le recomiendo que se dirija al río, que es lo que hacemos todas. Como parte de la rutina, los niños van en fila con los baldes todos los días en cuanto terminamos el desayuno.

—¿A qué río se refiere? —preguntó incrédula Catalina.

—Hija, parece que nadie le ha dicho que estamos a doscientos metros del río Congo, que no se ve por la vegetación. Toda el agua que usamos proviene de ahí. Yo la hiervo para beber y para cocinar. También ayuda mucho con el calor y la recreación de los niños. —Bernadette sonaba entre maternal y divertida con su respuesta.

A sor María Inmaculada no le hizo ninguna gracia la idea de buscar agua con baldes todos los días y menos aún la idea de bañarse en el río, a la vista de todos.

En ese momento aparecieron Ángela y José. Catalina los puso al tanto de las novedades. Sor Clara estuvo encantada con el programa de la excursión al río con los niños, pero el jesuita no.

A los chicos parecía entretenerles esa parte de la rutina y varios de ellos ya se dirigían a Ángela con naturalidad, para su alegría. La cantidad de niñas y varones era bastante pareja, pero variadas las edades, que iban de los dos a los trece años, según sor Clara.

Había un sendero entre la vegetación, marcado por el uso diario a lo largo del tiempo. Cuando llegaron a la orilla, las argentinas y el español se sorprendieron y entendieron el entusiasmo infantil. Si bien se veían grupos de piedras que sobresalían del agua y casi no existía orilla, el río era un espectáculo en sí mismo. Se notaba que tenía bastante corriente en el centro y que en el borde no era muy profundo. Era ancho, pero se divisaba la otra costa, sobre la que no se veía ninguna edificación.

Sor Úrsula les explicó que Mumba estaba situado en un pequeño codo que todavía recibía las aguas tranquilas del lago Malebo, a la altura del cual estaban las ciudades de Leopoldville y Brazaville – capital del Congo Francés– una frente a la otra. El curso del río seguía hacia el suroeste y comenzaban las llamadas Cataratas Livingstone, que impedían su navegación, hasta que finalmente desembocaba en el Atlántico.

José asentía, como dando a entender que ya conocía esa lección de geografía. Las argentinas escucharon encantadas, aunque ambas se preocuparon por la seguridad de los niños, cosa que era bastante inútil porque –en sentido contrario– ellos parecían preocupados por el desconocimiento y falta de experiencia de las nuevas maestras en su río.

Pudieron observar cómo los varones más grandes sostenían un medio mundo entre ellos e intentaban pescar un poco más adentro. Tardaron un rato, pero consiguieron algunos peces de buen tamaño. Como correspondía, José hizo gala de su cultura jesuita y les informó a las hermanas que eran peces de la familia de los cíclidos africanos y que probablemente eran tilapias, las cuales se podían comer sin ningún temor.

Todos volvieron mojados, divertidos, cargados con baldes de agua y pescados para las comidas del día. Misión cumplida.

Sor Clara partió detrás de sor Yvonne y los niños. José dijo algo sobre buscar herramientas; las demás se dirigieron a la huerta y pequeña granja en la parte de atrás del hogar. Catalina se quedó parada sola, en el pasillo principal, sin saber qué debía hacer a continuación.

Decidió que era un buen momento para tener una reunión con Adèle y definir tareas. El problema fue que no veía a la parisina por ningún lado. En su búsqueda fue a dar –involuntariamente– con la habitación de sor Thérèse. La puerta estaba entreabierta y pudo ver a sor Adèle atendiendo a la superiora, que parecía adormecida.

Adèle se percató de su presencia y le indicó que pasara. Catalina se incomodó, pero ya no tenía opción. Apenas entró sor María Inmaculada se dio cuenta que la ropa de cama y el camisón de sor Thérèse eran distintos de los que le vio antes. También advirtió una bandeja con restos de un supuesto desayuno. Ninguna dijo nada. Adèle juntó toda la ropa sucia y le dio la bandeja a Catalina. Salieron de la habitación y caminaron juntas hasta un cuarto desconocido, que parecía hacer las veces de lavadero. La francesa miró a sor María Inmaculada y dijo:

—Hermana, lleve la bandeja a la cocina y después venga a mi despacho.

¡Ay, qué mujer tan irritante, por favor! ¿Todas las parisinas serán así?, pensó Catalina al tiempo que obedecía la orden.

Cuando entró al despacho, se sentó frente a Adèle, quien no le dio tiempo a nada y empezó un largo monólogo:

—Sor María, entiendo que ambas estamos al tanto de la correspondencia que intercambiaban sor Thérèse y sor Caridad. De hecho, algunas de las cartas fueron manuscritas por usted y por mí, por lo que me voy a limitar a darle cierta información que no surgía de lo epistolar. Este hogar depende directamente de Bruselas, que en la realidad ya hace muchos años que nos dejó en manos de Dios. La guerra terminó de arruinarnos. Inútiles han sido las quejas y los pedidos. Una vez al año, envían una suma de dinero que no alcanza ni para pagar la cuenta de Badrú. Sobrevivimos gracias a nuestra huerta y granja, al pescado del río, a la buena voluntad de Badrú y a pequeñas donaciones y colaboraciones de los lugareños, como es el caso de la presencia de Saida y Rachida. Los niños son en su mayoría huérfanos. Gracias al cielo hace un tiempo que nadie deja a un bebé dentro de la iglesia y para cuando cumplen quince, suelen irse de aquí por decisión propia. Una vez al mes venía un cura desde Leopoldville a oficiar misa y confesarnos, pero falleció hace dos años, por lo que no ha habido misa alguna desde entonces. Supongo que el padre José podría remediar eso. Ingrid necesitaría otro tipo de atención que no le podemos proveer. Cada tanto viene un médico del pueblo que hace una revisión general de todos y nos deja elementos básicos como alcohol y algunos medicamentos. Ya vio que el agua es un problema. A veces nos quedamos sin aceite para las lámparas y andamos con velas, casi a oscuras, y hay que hacer un fogón para cocinar. Tenemos dos cabras que dan leche y algunas gallinas que dan huevos. Sólo se come carne si trae Badrú o alguien la dona. Bernadette usa mis zapatos porque no puede estar parada en la cocina mucho tiempo, y menos descalza, por su edad y salud. En definitiva, lo que ha visto hasta ahora es simplemente lo que hay y estamos todas agotadas. —Adèle parecía haberse aflojado con su relato y a esa altura se la veía compungida.

Catalina sentía los ojos húmedos y estuvo tentada de dar la vuelta al escritorio y abrazar a la parisina. Quizás su primera impresión de Adèle había sido injusta, a juzgar por esa escena. Intentó palabras de consuelo:

—Sor Adèle, mañana es domingo. Doy por sentado que el padre José estará encantado de confesar y dar misa. Sor Clara ya se ha puesto a disposición de sor Yvonne para ayudar con los niños. Yo trataré de aliviar sus tareas en general, sin perjuicio de ayudar a las demás. Le ofrezco mis zapatos y la energía de mis veinte años, aunque usted ya sabe por las cartas, que tanto sor Clara como yo tenemos lepra y nos hemos quedado sin el aceite de ginocandia.

En ese momento era Adèle la que tenía los ojos húmedos.

—Gracias sor María Inmaculada. Realmente es un alivio poder contar con ustedes. —Catalina valoró la respuesta que, viniendo de la parisina, era todo un reconocimiento.

X
EL PADRE JOSÉ

Durante la tarde, Catalina y José coincidieron en la iglesia, que limpiaron y acomodaron para la misa del día siguiente. El cura comentó que había encontrado herramientas en una suerte de galpón construido detrás de la huerta y que trataría de arreglar algunas cosas, sobre todo lo que tenía que ver con madera, para lo cual se daba bastante idea porque su padre era carpintero. También le dijo a sor María Inmaculada que era necesario contactar a Badrú para pedirle que le enviara un largo telegrama a Manuel, solicitando ayuda de todo tipo.

Por su parte, Catalina le comunicó que esa misma noche se pondría a escribir una enérgica carta a Bruselas, informando el estado de situación a su llegada y exigiendo asistencia urgente. Luego se la mostraría a Adèle y lo ideal sería que Badrú la despachara junto con el telegrama. Ambos quedaron muy satisfechos con sus iniciativas.

Sor María se desveló con sus intentos epistolares, pero finalmente quedó conforme con las cuatro páginas dirigidas a los superiores. La parisina estuvo totalmente de acuerdo y no le cambio ni una coma al texto.

Por la mañana todo el mundo tomó un baño en el río. Era un día espléndido de sol, no muy caluroso. A las once, la iglesia estaba lista y fueron ubicando a los niños adelante, luego se sentaron las hermanas y más atrás la gente del pueblo.

Saida y Rachida se las ingeniaron para que Badrú estuviera presente. El proveedor vestía una camisa blanca impecable y estaba muy agradecido por el aviso y la invitación, a tal punto que llevó un poco de carne, la cual donó gustosamente.

El padre José estaba nervioso, casi emocionado. Cuando llegó el momento del sermón y empezó a hablar, se distendió, a la vez que se entusiasmó con su propio discurso. Como era de esperar, se centró en la idea de los caminos misteriosos del Señor y su plan divino para los habitantes de ese lugar y los residentes del hogar. También habló de la difícil prueba de fe que suponía aquel desafío para las hermanas, con tan escasos recursos para todo, pero que ellas habían sido destinadas para llevar la palabra del Señor a Mumba y que todos debían guardar la fe y la esperanza, porque serían recompensados por Dios.

Catalina miraba a su alrededor mientras escuchaba a José y veía que el resultado de la homilía del jesuita era instantáneo, aunque en ella había logrado el efecto inverso. La franciscana sentía que –a juzgar por el panorama general– el Señor se había olvidado de Mumba hacía tiempo.

Sor Bernadette había logrado fabricar unas hostias que no eran las que todos conocían pero que, a falta de las reales, cumplieron esa función.

Ángela y sor Yvonne adoctrinaron a los niños sobre el desarrollo de una misa, sobre todos a los más pequeños; todos comulgaron, obviándose el detalle del bautismo en algunos casos.

Astrid, Úrsula y Adèle improvisaron un pequeño coro, que sonó bastante bien.

Cuando terminó la misa, Catalina y José se dirigieron a Badrú, mientras los demás se ocupaban del almuerzo especial de ese domingo.

Le entregaron al congoleño la carta y el texto para el telegrama, haciendo las aclaraciones del caso. También lo invitaron a quedarse al almuerzo, que era lo mínimo que podían hacer, dadas las molestias que le ocasionaban y que el plato principal fue provisto por él.

Badrú no tenía familia y parecía encariñado con el hogar y sus habitantes, por lo que aceptó encantado.

Aquel almuerzo sería recordado durante mucho tiempo, no sólo por la carne, sino porque cantaron y hasta bailaron, gracias a la música de la armónica de José y la percusión improvisada del congoleño. Sor María Inmaculada vio en varias oportunidades que Adèle sonreía, quizás por primera vez en años.

Todos quedaron cansados pero contentos después de la celebración, que terminó cuando caía el sol.

Esa noche, Catalina y Ángela pudieron conversar por primera vez desde la llegada al hogar.

Sor María puso al corriente a su compañera, sobre todo lo contado por Adèle y la breve visión que tuvo de sor Thérèse. También le comentó la carta redactada y le refirió el telegrama que recibiría Manuel.

Por su parte, Ángela le hizo notar que sólo podían hablar castellano entre ellas y que el francés obligado la cansaba, pero ya había comprobado que nadie hablaba inglés, por lo que tenía intenciones de introducírselo a los niños.

Sor Clara se explayó sobre sus impresiones de algunos de sus nuevos alumnos. El primer problema era que Yvonne ya era grande y no podía lidiar ella sola con todos. Hasta ese momento y de a ratos, Astrid la ayudaba pero no mucho. Si bien los niños se bañaban en el río, casi todos tenían piojos y hongos que debían ser tratados de inmediato. Varios tenían una tos antigua y había una niña asmática que le gustaba bastante. Su nombre era Akina y tenía cinco años. Se acercó a ella el día que se conocieron y no se le despegaba. Era huérfana. El otro alumno que la preocupaba era un chico de trece años, llamado Yambo. Estaba en una edad difícil y parecía muy enojado con la vida en general. Como no había otro varón de su edad, se sentía muy solo y era muy hosco.

Catalina la escuchó con gran atención y le hizo algunas sugerencias, pero entendía que debería confiar en su amiga y dejar a los infantes en sus manos, porque no podría abarcar todo.

Quería escribirle a su madre, aunque se daba cuenta de que no encontraba el momento ni el ánimo, ya que no era su intención transmitirle el peso de la dura realidad que representaba su nueva vida en el Congo. El mismo problema representaba escribirle a sor Caridad, con el agravante de ponerla al tanto del estado de sor Thérèse.

XI
SOR THÉRÈSE

Adèle cambió de actitud después de aquel domingo. Se notaba a simple vista que se sentía relajada y que estaba muy dispuesta a delegar en sor María Inmaculada. Las demás hermanas se hicieron eco de ese cambio, por lo que la presencia de Catalina era requerida en todo momento y por las razones más diversas, como por ejemplo, que se acercaban las fiestas.

Todas reconocían y valoraban al padre José. Sor María entendía que su presencia masculina ponía orden por sí sola. Era como un gallo entre las gallinas, como hubiera dicho doña Ofelia.

Por otra parte, el cura estaba haciendo milagros como carpintero y arreglador de cosas varias.

La gente del pueblo se acercaba a la iglesia todo el tiempo, tanto para rezar como para confesarse, por lo que el jesuita optó por poner un cartel en la puerta con el horario del confesionario. También se estableció que los domingos a la mañana se oficiaría misa y que el domingo siguiente, el cura bautizaría a algunos de los niños del hogar y a todo aquel que lo pidiera. Sor María no sólo estaba conforme sino agradecida con José, pero no podía dejar de pensar en que se iría pronto.

Catalina puso a disposición de Adèle la ropa de Eulalia. La parisina agradeció el gesto y repartió las prendas según el talle, que no la favorecía.

Sor María Inmaculada observó que tenían gran cantidad de coco como fruta y recordaba haber leído –en alguna tarde de biblioteca de Villaguay– que el aceite de coco servía para curar los piojos. Le pidió a Bernadette que tratara de fabricar ese aceite. La cocinera lo logró y sor Clara fue la encargada de probarlo en las cabezas infantiles. El resultado fue muy positivo. Todos estaban encantados con no rascarse más.

El tema de los hongos fue más fácil aún, porque el remedio a mano era el jugo de limón. Esa solución fue mérito de Ángela. En pocos días, todos los alumnos olían a limón, a coco y estaban curados.

Para sorpresa de ambas, Adèle las felicitó expresamente por los resultados obtenidos, admitiendo que ninguna de ellas conocía esos remedios caseros

El padre José bautizó a los niños que no habían recibido el sacramento, en una emotiva ceremonia. A falta de padrinos, todas las hermanas fueron nombradas madrinas, a elección de cada bautizado, repitiéndose la misma madrina en el caso de Ángela, quien fue elegida por Akina y por otra niña llamada Nadra. Sor Clara se emocionó ante la elección de las niñas y el paso del tiempo demostraría que su compromiso era sincero y profundo.

Tres semanas después de la primera misa, no habían vuelto a ver a Badrú. Tanto José como Catalina estaban ansiosos por las respuestas epistolares, pero la franciscana estaba tan ocupada que le cedía la preocupación al jesuita.

Una tarde encontró a Adèle cambiando a sor Thérèse que –una vez más– parecía dormida. Como la escena ya era muy repetida, sor María Inmaculada se animó a hablar sobre el tema. La parisina le invitó un té en su despacho, que a Catalina le trajo malos recuerdos.

Adèle le explicó que el problema original de Ingrid era la presión alta, que con la edad le provocó una arritmia que no fue tratada a tiempo y que desembocó en un derrame cerebral. Fue de noche y la superiora no logró articular un pedido de auxilio. Ella la encontró por la mañana, casi sin pulso, vomitada, con la lengua torcida y sin control de esfínteres. Yambo fue corriendo, literalmente, a Mumba a buscar al médico. El doctor dijo que era un milagro que no hubiera muerto, pero que la monja permaneció en estado vegetativo debido a que el ataque fue masivo y probablemente le faltó oxígeno en el cerebro, el cual quedó dañado en algunas funciones vitales. El lado izquierdo de su cuerpo estaba inerte y le costaba mucho tragar. Lo poco que ingería era líquido, nada sólido porque masticar no era una alternativa. De a ratos abría los ojos, pero no sabía quién era ni tenía noción de tiempo o espacio. No hablaba, balbuceaba sin sentido alguno. El resultado era médicamente irreversible. Como buen católico, el galeno sentenció que Ingrid estaba en manos del Señor y que sólo su corazón sabía cuánto tiempo más duraría.

—Dios sabrá por qué no se la llevó en ese momento y cuándo dispondrá que se reúna con Él en cuerpo y alma, ya que en realidad no está entre nosotros. Todas rezamos permanentemente por sor Thérèse y por mantener nuestras fuerzas y nuestra fe.

—Las palabras de Adèle demostraban cariño y dolor al mismo tiempo.

—Sor Adèle, ¿tiene idea de cuándo vendrá el médico del pueblo? Me gustaría conocerlo y hacerle algunas preguntas generales. Además, hay una larga lista de cosas para pedirle.

—La verdad es que viene cuando se acuerda de nosotras y puede. Si es muy necesario, se lo manda a buscar. Tenga en cuenta que lo único que recibe como retribución es nuestra eterna gratitud y nuestras oraciones.

XII
EL VIZCONDADO

A l día siguiente apareció Badrú, con pocas provisiones pero con novedades epistolares. Catalina y José fueron corriendo a su encuentro, tal como hacían los niños. La respuesta de Bruselas fue muy decepcionante. Sor María Inmaculada la leyó en presencia de Adèle, ambas sentadas en el despacho. La carta era breve, fría, y no daba mucho lugar a una réplica. Bruselas manifestaba tener conocimiento general de la situación, prometía vagamente el envío de dinero –sin especificar fecha y monto– lamentaba el estado de salud de sor Thérèse y se alegraba por la llegada de los refuerzos desde la Argentina.

La parisina se deprimió y Catalina se enojó, lo que era lógico según la edad de cada una.

A José le fue mucho mejor con Manuel, que superaba ampliamente a los belgas con sus aportes. El jesuita prometía un giro postal inmediato por una cifra generosa y el envío de provisiones varias a través de Frank, a quien deberían contactar para recibirlo. José estaba contento y orgulloso de su superior, quien había logrado compensar las malas noticias europeas. Las franciscanas levantaron el ánimo ante esas novedades, pero Catalina se sintió obligada a preguntarle al cura si se quedaría un tiempo más o si se volvería con Frank en esa oportunidad. Para alivio de ambas, José contestó que viajaría a Leopoldville para cobrar el giro postal y recoger las provisiones que dejara el piloto, con quien no fijaría fecha de regreso.

Durante el almuerzo comentaron las novedades con el resto de las hermanas, que se mostraron muy agradecidas con José.

Catalina notó que sor Paulette no estaba presente y preguntó por ella.

—No quería almorzar —le contestó Astrid.

—¿Se siente mal?

—No particularmente.

—Ahora me doy cuenta de que la veo poco a Paulette en general… —comentó Catalina.

Astrid no se mostraba muy receptiva, pero le contestó:

—Paulette quedó muy afectada por el estado de sor Thérèse, y la muerte de Genevieve. Las tres eran muy unidas porque llegaron juntas desde Bélgica. Además, no escucha bien y se abstrae. Siempre fue solitaria. Ahora ya está grande y no tiene paciencia con nadie.

Sor María Inmaculada pensó que lo ideal sería que existiera la biografía de aquellas mujeres y ese hogar, en cuyo caso sería un libro que ella podría leer en un día y entender un millón de cosas, la mayoría de las cuales no sabría nunca.

Faltaba un mes para Navidad. Catalina le pidió a Ángela que –en secreto– tratara de dilucidar cuánto calzaba cada alumno, para un regalo sorpresa.

Como no sabían qué traería Frank, armaron con Adèle una lista con muchas opciones de compras que entregaron a José. El cura la leyó, protestó, hizo muchas preguntas y finalmente se subió al camión de Badrú y se fueron.

Sor María aprovechó esa tarde para escribirle a su madre. El principio fue lo más difícil. Optó por tachar palabras y frases, porque no tenía papel que desperdiciar. Cuando iba por la mitad de la carta, ya había llorado un rato largo y decidió hacer una pausa en la cocina, donde encontró a Bernadette haciendo mermelada de naranja y tarareando una canción francesa que cantaba su abuela. Su nostalgia no mejoró nada. La francesa notó su estado y sin decir palabra, puso una pava a hervir y la invitó a sentarse. Catalina sonrió y pensó que en ese momento lo ideal hubiera sido un mate para compartir, al que extrañaba más que al café.

Al comentarle a la hermana su tarde nostálgica, Bernadette le preguntó:

—¿De qué parte de Francia es su abuela?

—De Toulouse.

—Yo nací en el vizcondado de Lavedan, que es muy cerca de Lourdes pero hacia los Pirineos. De Toulouse a Lourdes hay menos de doscientos kilómetros. Mi apellido materno es Lavedan.

—¿Usted es vizcondesa? —preguntó Catalina muy asombrada.

—No hija, qué voy a ser vizcondesa... no estaríamos aquí. Descendemos de un vizconde del siglo IX. Imagínese todos los parientes que han existido desde entonces.

—¿Pero ustedes son herederos del título? —Catalina estaba encantada con la novela azul.

—No, el título nobiliario quedó en el camino, pero supongo que todavía existen algunas tierras por repartir —Bernadette se puso pensativa, como quien descubre un problema nuevo que no conocía hasta ese momento.

—Muy interesante. Mi abuela no tenía ningún pariente con título, más que un primo abogado… —Ambas rieron con el comentario y Catalina se fue con su té a terminar la carta para doña Ofelia.

El día siguiente fue largo y extraño por la ausencia de José, que era muy notoria. Sor María Inmaculada juntó fuerzas y le escribió una larga carta a sor Caridad, con la intención de darle ambas misivas a Badrú para que las despachara juntas.

XIII
EUGENE

El jueves, cerca del mediodía, volvieron José y Badrú, con el camión bastante cargado de bultos. El jesuita estaba visiblemente contento, con mucha expectativa por ver las reacciones de todos.

Catalina fue la primera en ir a su encuentro y el cura la saludó con un beso en la mejilla, como si fueran amigos. Sor María Inmaculada sintió que su cara se ponía color tomate.

El envío del padre Manuel era maravilloso: harina, aceite, arroz, café, té, sal, azúcar, fideos, conservas, jabón, papel, lápices, tizas, platos y vasos de latón, ropa de hombre usada por ellos, tabletas de chocolate, una bolsa de caramelos y una caja de herramientas. Adèle miraba muy asombrada tanta maravilla y Bernadette no dudó en llorar cuando tuvo frente a sí sus nuevas provisiones. Sor María Inmaculada se conmovió por el detalle de los caramelos, ya que no creía que Manuel los tuviera guardados en su escritorio para consumo propio.

Ángela acaparó los lápices como si fueran lingotes de oro. Había negros y de colores, para todos sus alumnos. El papel sería administrado por sor Adèle.

Úrsula sugirió que los caramelos funcionaran como premios por lecciones bien aprendidas y buena conducta, aunque esa noche repartieron un caramelo a cada niño después de la fruta de postre. La mayoría de ellos no sabía qué eran y se fueron corriendo a estudiar las lecciones de catequesis y de inglés para el día siguiente, ante la promesa de otro caramelo por buena nota.

Catalina se reunió con José para ver qué había conseguido en materia de calzado. Gracias a un artesano conocido de Badrú, el padre compró sandalias para todos, respetando los talles anotados por Ángela. También adquirió calzado para las hermanas. Pero lo maravilloso era que el mismo artesano donó tres pelotas de cuero para fútbol –hechas por él– y varias muñecas de trapo –hechas por su mujer– para las niñas.

Sor María Inmaculada estuvo tentada de devolverle a José el beso recibido al mediodía.

Esa primera Navidad en Mumba fue especial para todos. José se las ingenió para tallar en madera un rústico arbolito, que decoraron con ramas, plantas y flores del lugar. Bernadette se lució con el menú navideño; y después de cenar, improvisaron algunos villancicos. Finalmente, cada niño abrió su regalo: las sandalias. Los más chicos no entendían cómo ponérselas, pero los más grandes estuvieron encantados. Quizás les tomaría unos días que sus pies se acostumbraran, pero los tendrían limpios y sanos.

El broche de oro a la fiesta fueron los paquetes que contenían las pelotas y las muñecas, para lo cual Adèle anunció que eran para todos y que si se peleaban entre ellos, no habría más caramelos para nadie.

Catalina se preguntó qué pasaría cuando se acabaran los dulces.

No pudo evitar la nostalgia esa noche. Le encantaba la Nochebuena en Rancagua. Su padre hacía asado y las mujeres se ocupaban del resto. Venían los parientes y ella era la encargada de repartir los regalos.

Se daba cuenta de que debía entender que su casa era el Hogar San Francisco en el Congo Belga y que no tenía idea de cuándo podría volver a la Argentina. ¿Volvería?

La noche del treinta y uno de diciembre fue más sencilla. Badrú fue el invitado de honor y después de cenar repitieron el dúo de armónica y percusión con José y bailaron hasta que dieron las doce. En ese momento el jesuita se acercó a Catalina, la abrazó y la besó en la mejilla. Ella se puso colorada otra vez y le pareció que el cura estaba siendo particularmente cariñoso.

Era 1950 y faltaban días para que sor María Inmaculada cumpliera veintiún años y fuera mayor de edad. Detestaba el mes de enero en general y su cumpleaños en particular. Era un mes eterno, caluroso, aburrido y sin amigos, o por lo menos así había sido siempre en Rancagua. En Mumba todo indicaba que sería igual, aunque el calor era muy llevadero porque en realidad era invierno. El problema eran las lluvias.

Los niños pasaban mucho tiempo en el río y la nueva diversión era cualquier juego con pelota. Ángela mantenía las clases de inglés y de catequesis para entretenerlos un par de horas, porque –muy a su pesar– el ciclo lectivo no era el conocido, sino que iba de febrero a junio y de septiembre a diciembre, dejando los meses de verano como vacaciones.

El otro que estaba aburrido era José. Ya había arreglado todo lo que podía y la atención de la iglesia no le tomaba mucho tiempo.

Una tarde que prometía ser larga y lluviosa, apareció el médico: el doctor Lemba. Adèle lo recibió y lo presentó con sor María Inmaculada. El médico era más joven de lo que Catalina imaginó, aunque suponía que le doblaba la edad. Era congoleño, aunque de madre belga, por lo que la combinación dio como resultado un hombre trigueño, de ojos claros, bien parecido. Adèle le contó que era viudo, con dos hijas de doce y diez años. Hablaba un francés casi neutro.

Su primer nombre era Eugene. A Catalina le gustó ese nombre, le quedaba bien. No era un nombre común y le daba personalidad. Nunca había conocido a ningún Eugenio, que sonaba peor.

El doctor examinó a sor Thérèse y dijo que no veía ninguna mejoría en ella, por el contrario, parecía más débil desde su última visita. Luego revisó a los niños y felicitó a las hermanas por la cura de los piojos y de los hongos. En general estaban bastante bien, pero más de uno necesitaba un dentista y un oculista. Vacunó a varios, que protestaron por las inyecciones. Finalmente auscultó a las hermanas: Paulette se estaba quedando sorda del oído izquierdo y necesitaba un audífono; Astrid tenía acidez; Úrsula andaba mal de la ciática; Bernadette tenía problemas de circulación en las piernas; y Adèle sufría de insomnio.

Cuando llegó el turno de Catalina y de Ángela, le hizo una larga entrevista a cada una. Por el tema de la lepra les pidió que se desvistieran y se quedaran en ropa interior. Fue muy incómodo para ambas. Las encontró saludables pero puso en duda el diagnóstico de lepra. Catalina se sorprendió y quiso saber más. El galeno le dio una serie de precisiones médicas, pero le dijo que no tenía otro diagnóstico para ofrecerles en ese momento. Para cuando Eugene se fue, era la hora de la cena.

Al día siguiente, sor María Inmaculada conversó con José sobre la necesidad de adquirir libros, buscar un oculista y también un dentista para los niños, aunque no necesariamente en ese orden.

José contactó a Badrú y partió con destino a Leopoldville, encantado con las difíciles consignas.

XIV
LA DESPEDIDA

L a mañana del veintiuno de enero Catalina se despertó sin ganas. Era viernes y era su cumpleaños. Le llamó la atención que Ángela no estaba en la habitación. Se quedó en su cama, juntando fuerzas para encarar el día. Sor Clara apareció unos minutos después con un gran ramo de flores silvestres que le entregó como regalo. Catalina se sorprendió y valoró el gesto de su amiga.

Fueron juntas al comedor. La mesa estaba puesta para el desayuno pero no había nadie. Catalina miró a su compañera, que le sonrió y le dijo que se sentara en su lugar. La puerta de la cocina se abrió y salieron todos los niños juntos, al grito de: «¡Feliz cumpleaños!». Cada uno le entregó un dibujo hecho especialmente para la ocasión, con los lápices de colores. Algunos estaban dedicados y firmados. Bernadette le sirvió un desayuno especial, en una bandeja preparada para ella, con café negro en una taza pequeña, jugo de naranja y tostadas. Las demás formaron un coro y cantaron:

"Bon anniversaire
Nos vœux les plus sincères
Que ces quelques fleurs
Vous apportent le bonheur
Que l'année entière
Vous soit douce et légère
Et que l'an fini
Nous soyons tous réunis
Pour chanter en chœur
Bon anniversaire."[9]

Sor María Inmaculada se emocionó y agradeció especialmente a sor Clara por la sorpresa, aunque lamentaba la nueva ausencia de José, que cumplía la misión diplomática en Leopoldville. Su lamento duró poco porque el jesuita llegó para la hora del almuerzo, con un regalo en las manos, que a simple vista parecía un libro, porque lo era. Era el mejor regalo que le podía haber hecho y él lo sabía. No importaba el título o el autor. El gesto era elocuente. Catalina sintió que Adèle los observaba y se incomodó.

---

[9] Buen cumpleaños
Nuestros deseos más sinceros
Que estas flores
le traigan felicidad
Que el año entero
le sea dulce y ligero
y que dentro de un año
estemos todos reunidos
para cantar a coro
¡Buen cumpleaños!

La cena de ese día también fue especial, porque el postre fue una torta hecha por Bernadette, con una velita. Todos cantaron el feliz cumpleaños otra vez y Catalina pidió tres deseos: fuerza y fe para seguir adelante, volver pronto a la Argentina, y curarse de la lepra o lo que fuere su enfermedad.

José trajo diez libros más, todos infantiles o juveniles. Había encontrado una librería que vendía libros usados en buen estado. Los pagó de su bolsillo, hecho que conmocionó a Adèle. Ocho estaban en francés y dos en inglés, pero el culto jesuita eligió títulos como: *Moby Dick*, *La vuelta al mundo en ochenta días*, *Jane Eyre* y *Cuentos de Navidad*. Sor Adèle decidió que los libros quedarían en la biblioteca de su despacho y que ninguno podía ser retirado sin su autorización.

Catalina devoró el regalo de José que resultó ser *La peste*, de Albert Camus. Quedó muy impresionada y en las décadas posteriores lo releería en más de una oportunidad, por distintos motivos.

El resto del invierno transcurrió lentamente. Los lunes no diferían de los sábados y el acontecimiento de la semana era la misa del domingo.

Hacia fines de febrero, Badrú le llevó a Catalina dos cartas muy esperadas por ella: la respuesta de su madre y la de sor Caridad.

Las líneas de doña Ofelia traslucían cierta desesperación de madre ante el relato de su hija y la incertidumbre de cuándo se volverían a ver. La carta de Caridad evidenciaba tristeza por Eulalia e indignación por la situación en el Congo. La superiora anunciaba que escribiría a Bruselas exigiendo soluciones en forma inmediata.

La primera semana de marzo tuvo la particularidad de que todos se fueron de excursión a Leopoldville. La misión diplomática de José había dado como resultado que un hospital público recibiría a todos los niños para atender sus dientes y sus ojos. Por supuesto que Badrú resultó ser el transporte escolar. Los alumnos estuvieron fascinados con el programa porque ninguno conocía la ciudad. Todos se bañaron en el río el día anterior, se pusieron la ropa más presentable que tenían y las sandalias navideñas. Llegaron a media mañana al hospital. Primero los atendió un dentista y después un oculista. Volvieron de noche, todos con las caries curadas y algunos con anteojos recetados.

En los últimos días, Catalina advirtió que José estaba de mal humor, callado y pensativo. Optó por preguntarle el motivo de su estado.

—Pues verás, he recibido un telegrama de Manuel en el que me ordena que vuelva en cuanto sea posible y no puedo desobedecerlo más tiempo. Frank hará un vuelo la semana que viene y debo encontrarme con él en el aeropuerto para el regreso. Me has ganado de mano porque he estado buscando el momento para anoticiarte.

Sor María Inmaculada se desplomó en una silla ante la noticia. Sentía que le habían dado un mazazo en la cabeza. No lograba articular palabra.

—Que te has puesto pálida —dijo José mientras le tomaba las manos.

—No estaba preparada para semejante noticia. Siempre supe que volverías a Sudáfrica, pero supongo que negaba el paso del tiempo y calculaba que todavía faltaba bastante para tu vuelta. —La voz de Catalina sonaba pesada.

—Te entiendo porque yo tampoco estaba preparado para recibir la orden de regreso y de hecho no quiero partir. El telegrama es de hace diez días.

—Bueno, ya es un hecho. Tenés que avisarle a Adèle. —Ella sintió cómo se le llenaban los ojos de lágrimas.

—Joder, que me harás flaquear a mí también —contestó José perturbado mientras le soltaba las manos y se alejaba.

El cura fue directamente al despacho de la parisina, quien recibió muy mal la noticia, pero sin lágrimas.

Catalina buscó consuelo en Ángela, a quien terminó conteniendo porque se puso a llorar al instante.

Quedaba un domingo antes de la partida del jesuita y la iglesia dio la impresión de un velorio, porque todos ya conocían la noticia. La misa fue eterna y deprimente. Badrú se quedó a almorzar. Era un hombre con edad suficiente como para que José fuera su hijo y su actitud fue la de un padre ante la partida del primogénito. Se abrazaron largamente antes de que el congoleño se subiera al camión, aunque habría otro abrazo entre ambos en el aeropuerto.

José se fue un miércoles a la mañana, con Badrú, casi al alba. La noche anterior hubo una cena especial, con un plato inventado por Bernadette para la ocasión y muchas lágrimas de todos. El jesuita buscó un momento a solas con Catalina, a quien le entregó un sobre.

—Te he escrito unas líneas de despedida. Te agradeceré que por la mañana no salgas cuando llegue Badrú.

Ella se quedó esperando un abrazo y un beso en la mejilla, que nunca llegaron.

Esa noche esperó a que Ángela se durmiera y abrió la carta de José, que era breve pero contundente:

Querida Catalina:

Conocerte ha sido maravilloso, pero ha puesto a prueba mi fuerza y mi fe. Creo que la orden de Manuel me ha salvado de lo que prometía ser un tormento diario. Sólo Dios sabe cuánto tiempo me tomará que no me duela pensar en ti. Ambos nos hemos comprometido con el Señor y así debe ser. Cada uno debe seguir por los caminos de la Iglesia. Todavía no sabes lo fuerte que eres y haces bien en no mirar tu propia belleza. El destino dirá si hemos de volver a encontrarnos. Siempre estarás presente en mis oraciones. Ruego al cielo que conserves tu salud y encuentres paz y felicidad en la obra que llevas a cabo en este lugar. Has de saber que tienes un amigo al que podrás recurrir cuando lo necesites. Os abrazo fuerte en este momento.

José

Sor María Inmaculada sintió cómo le caían las lágrimas, lentamente, en silencio. La valentía y la sinceridad de José eran pasmosas. No tenía sentido negarse a sí misma que sospechaba de los sentimientos del jesuita y tampoco tenía sentido no admitir el alivio que experimentó al darse cuenta de que no eran correspondidos por ella. Gracias a Dios.

XV
EL CUADERNO

La partida de José afectó mucho a todos en general pero a Catalina en particular. Se habían quedado sin cura para dar misa y confesar, que no era un detalle menor. La gente del pueblo ya no se acercaba a la iglesia.

Sor María Inmaculada se sentía cansada, desganada. Era como que hubiera cumplido muchos años más que veintiuno. Todos los días eran iguales y el domingo de pronto se transformó en una jornada aburrida y deprimente.

Las provisiones que envió Manuel se habían acabado y con el dinero que quedaba, trataban de pagarle al pobre Badrú para que trajera un poco de todo. El congoleño era generoso y era más lo que llevaba que lo que cobraba. Los niños que necesitaban anteojos seguían sin ellos, porque debían elegir entre las provisiones y la óptica.

En algún momento del verano, Catalina encontró aquel cuaderno que había usado a manera de diario durante el viaje en barco. Todavía le quedaban unas cuantas páginas en blanco y decidió retomar la escritura donde la había dejado. No importaba en qué momento del día podía escribir; descubrió que compartir con aquel papel su jornada y sus pensamientos le mejoraba el humor, le daba una excusa para distraerse y estar un rato a solas.

Después de la partida del jesuita, las visitas del doctor Lemba fueron más frecuentes. Se podía decir que aparecía una vez al mes. Eugene admitió que se sentía obligado a ir más seguido para ver cómo estaban todos, dada la ausencia del jesuita, que sería permanente. Por suerte para los niños, se ofreció a ocuparse del tema de los anteojos. Tenía un conocido que era óptico y que podía financiar el encargo.

Se acercaba el fin de año y la escasez de provisiones y recursos ya era alarmante. Sor María Inmaculada y sor Adèle conversaron al respecto, pero ninguna tenía una solución concreta.

Esa semana, Badrú llegó con muy pocos bultos, pero traía un telegrama de Bruselas que anunciaba un giro postal por una cifra que solucionaba todas las penurias. *"Dieu ne veut pas la mort du pécheur,"*[10] fue el lacónico comentario de la parisina.

Las fiestas de aquel año fueron sencillas y nada parecidas a las anteriores. No hubo invitados y los niños recibieron algunos útiles escolares y dulces como regalos. Ángela los entretuvo haciendo burbujas con agua y jabón, que a los más chicos les encantaban.

---

[10]"Dios aprieta pero no ahoga".

XVI
EL LLANTO

Había pasado otro año y Catalina cumplió veintidós, aunque se sentía de cuarenta. Estaba muy decaída y no lo ocultaba. Ángela se preocupaba por ella pero no sabía muy bien qué hacer al respecto. Le encargó a Badrú que le comprara un libro para su regalo de cumpleaños, que resultó ser una novedad –aunque editada en inglés– titulada: *The catcher in the rye*[11], de J.D. Salinger. Sor Clara no lo conocía y sor María Inmaculada tampoco, pero realmente le alegró el día. Para cuando llegó a la página cincuenta de esa novela, Catalina supo que no sería la única que hablaría de ese señor por el resto del siglo, por lo menos.

Otro detalle de ese día fue que Saida y Rachida le regalaron una camisa blanca y una pollera gris hechas por ellas, gracias a lo cual todas supieron que las congoleñas eran costureras, hecho que hasta Adèle desconocía.

---

[11]"El guardián entre el centeno", también traducido y conocido como: "El cazador oculto".

Unos días después, Eugene hizo su visita mensual. Alguien le comentó que había sido el cumpleaños de Catalina y el galeno pareció enojarse por no haber sido informado a tiempo. Le propuso a sor María Inmaculada que lo acompañara a Leopoldville a retirar los anteojos para los niños y aprovecharían para pasear por la ciudad. Catalina aceptó encantada porque necesitaba salir del hogar, en el que empezaba a sentir claustrofobia.

El doctor la buscó en su auto grande y verde oscuro el sábado siguiente, a media mañana. Fueron a buscar los anteojos a la óptica y luego la invitó a almorzar. Durante el almuerzo, Eugene le habló al detalle de la muerte de su esposa, también le conversó de sus hijas y de su necesidad de una madre en sus vidas. Por su parte, Catalina le relató sus últimos años, desde que salió de Rancagua con destino a Villaguay. El médico le dijo que no sólo no había abandonado el tema de su lepra sino que le escribió acerca de ella a un colega en Amsterdam que sabía mucho del tema. Después, pasearon con el auto. Catalina hizo algunas compras indispensables para el hogar, las cuales Lemba insistió en pagar. Esa noche, sor María Inmaculada repartió caramelos a los niños, que seguirían con buenas notas y buena conducta. Los que estrenaban anteojos tuvieron reacciones dispares, como era de esperar, pero quedaron en manos de Ángela y de Úrsula.

Sor María Inmaculada optó por interesarse más en la huerta y en la cocina, y le propuso a sor Clara dar clases de historia, que distaba de ser un punto fuerte para su amiga.

En realidad, Catalina no tenía el menor entusiasmo por encarar tareas nuevas, pero se daba cuenta de que estaba deprimida y que si no se mantenía ocupada, terminaría echada en la cama y sería peor.

También pasaba tiempo en la iglesia, rezando. Procuraba estar sola porque prefería no tener que interactuar con nadie en esos momentos. Extrañaba a su amigo José, pero también extrañaba al cura, con quien hubiera podido confesarse. Su fe era muy escasa en aquellos días.

Tenía un sueño recurrente, siempre en blanco y negro: aparentaba doce años y jugaba con sus hermanos en el jardín de su casa en Rancagua. De repente aparecía Manuel –a quien no conocía– y le decía que debía irse con él porque estaba enferma. Ella se resistía y se ponía a llorar y a gritar. Sus padres no estaban. Trataba de esconderse de Manuel –cuya sotana negra era aterradora– pero el jesuita siempre la encontraba y la arrastraba con él. Se despertaba transpirada y angustiada. En general no podía volver a dormirse después de ese sueño.

En una de las visitas de Eugene, decidió comentarle sobre su estado de ánimo y sus pesadillas. Él la escuchó atentamente y se comprometió a llevarle un tónico que la haría descansar mejor.

Le gustaba conversar con Bernadette en la cocina. No en vano la hermana tenía tantos años y su intuición era innata. Catalina entraba y ella le preparaba un té sin preguntar nada porque sabía que sor María Inmaculada buscaba compañía.

Una mañana, Catalina se bañaba en el río en una suerte de rincón en el que no se sentía expuesta, cuando sintió que alguien la observaba entre los árboles. Se quedó dentro del agua, mirando fijo hacia el punto en el cual le parecía que podía haber un *voyeur*. En un momento creyó distinguir una silueta y lo que era peor, le pareció que era Yambo, pero no podía asegurarlo. Qué problema si su sospecha era cierta. Yambo tenía quince años y como adolescente su actitud era previsible, pero en ese caso el hábito franciscano no era un obstáculo para él. Finalmente se trataba de mirar el cuerpo de una mujer joven. Catalina se puso de pésimo humor: siempre se consideró bonita y le gustaba su cuerpo, pero desde que salió de la Argentina el tema pasó a ser una fuente de disgustos. Se quedó un rato en la orilla, cavilando sobre qué hacer a continuación. Decidió que primero lo hablaría con Ángela.

Su amiga escuchó el relato y le dijo que le parecía probable que fuera Yambo. Quedaron en tratar de averiguar dónde había estado el muchacho a la hora del baño de Catalina.

Yambo alegó haber estado en la iglesia, con otro de los chicos, al que convocó como testigo de cargo.

Ninguna de las argentinas insistió en el tema, pero un tiempo después el muchacho cumplió dieciséis y se presentó ante Adèle, comunicándole que se iría del hogar. La parisina no se opuso pese a las protestas de Catalina y Ángela, que consideraban que no era edad suficiente para ir a ningún lado.

Le hicieron una breve despedida. Pobre Yambo, nadie en San Francisco lo iba a extrañar demasiado. Saida y Rachida le cosieron un morral, en el que guardó lo poco que tenía. Sor Adèle le dio un par de billetes, que mucho no harían por él, pero que eran mejor que nada. Partió con Badrú, quien lo dejaría en Leopoldville. Las hermanas le pidieron que escribiera de vez en cuando.

Eugene cumplió su palabra y en su siguiente visita le entregó un frasco con un jarabe oscuro para la depresión, que tenía gusto feo. Le dijo que tomara una cucharada antes de acostarse. Sor María Inmaculada obedeció, pero el resultado fue que tenía mucho sueño durante el día, lo cual no mejoraba su alicaído estado de ánimo.

En una tarde lluviosa, Catalina se sentó sola en la iglesia a rezar con el rosario que perteneció a Eulalia entre sus manos y empezó a recitar el *Ave María*, sin pensarlo. De repente se detuvo, como si alguien se lo hubiera ordenado y como si hubiera recibido una segunda orden, se puso a llorar desconsoladamente. Quería parar y no podía. No recordaba haber tenido semejante ataque de llanto en su vida. Sor María Inmaculada lloraba por Catalina y viceversa. Ambas lloraban por la niña que fue criada en Rancagua y por la quinceañera que se sonrojaba al ver a Irineo y que quería tener muchos hijos, como su mamá. Sor María Inmaculada nunca sería la madre de un hijo propio.

Catalina era feliz junto a su familia. Como cualquier chica de su edad, estaba llena de proyectos realizables. No quería ser estrella de cine. No quería ser rica ni famosa. No soñaba con el príncipe azul. Quería ser profesora de historia y formar una familia. Y un día cualquiera, el médico resolvió que tenía lepra y que era peligrosa para todos los demás. Y listo, afuera, al exilio. Y a ser educada como religiosa, sin saberlo y sin que nadie le preguntara si quería ser monja o si había recibido "el llamado del Señor". Ella lo que recibió fue el llamado de la enfermedad. Se suponía que tenía que agradecer el haber caído en manos de Eulalia y sor Caridad. ¿Tenía que agradecer? ¿Al mismo Señor que la enfermó y que la alejó de su familia, quizás para siempre? ¿Y si Eugene le decía que no tenía lepra? Tenía que conceder que desde su diagnóstico no había contagiado a nadie. ¿Por un mal diagnóstico ella era monja y fue a parar al Congo Belga? Sor Caridad dispuso de su destino, como un general que ordena a su tropa, sin preguntarle nada. ¿Era un convento o el ejército? La pobre Eulalia murió por ayudar a Ingrid, que no tenía remedio y moriría pronto también.

Hasta ese momento Catalina logró enfrentar sus circunstancias con valentía y responsabilidad. Ahora había llegado a un punto que requería abnegación de su parte, y aquello no le fue otorgado como virtud natural, pero tampoco tenía el coraje para dejar los hábitos e irse.

Necesitaba a su madre: imposible. Necesitaba a un adulto que supiera contenerla: no existía en ese lugar. Necesitaba a una amiga que la escuchara sin llorar con ella: no era el caso de Ángela. Necesitaba un cura que la confesara: tampoco tenían uno allí. Pero nadie le prohibía ir a una iglesia en Leopoldville y confesarse con el primer cura que encontrara, no era cuestión de color de sotana.

Esa noche se durmió de inmediato, porque estaba agotada después de tanto llanto y se consoló pensando en que iría a la ciudad para entrar a una iglesia y pedir confesión (¿perdón?).

XVII
MADAME LENOIR

Catalina se vio obligada a pedirle permiso a Adèle y darle una explicación sobre su excursión personal, para lo cual optó por decirle la verdad. La parisina la escuchó atentamente y su respuesta fue sincera:

—Sor María Inmaculada, no me sorprende en absoluto su planteo. He observado que últimamente se la ve muy alicaída. Trate de sacar provecho de su viaje a la ciudad y entenderá que no se puede transformar en una rutina. —Dicho lo cual y fiel a su estilo, sor Adèle dio por concluido el tema.

La joven logró coordinar su propósito con Badrú, quien se mostró muy dispuesto porque era obvio que le tenía simpatía.

El congoleño la pasó a buscar un martes a la mañana, temprano. La dejó en la plaza central de la ciudad y le dijo que la recogería en ese mismo punto a las cinco de la tarde.

Miró a su alrededor. Tanta gente, autos, transportes, ruido. De repente se cuestionó si fue buena idea quedar sola, sin dinero, hasta que volviera Badrú a buscarla. Lo más llamativo para ella fue una importante construcción de ladrillos colorados a la vista, que era nada menos que la catedral, de la cual no sabía ni el nombre, pero a la que no dudó en entrar. Eran las diez y no se veía a nadie. Le encantó porque si bien era enorme, también era sobria y a la vez cálida. Empezó a recorrerla y observó algunos arreglos florales en el altar y velas encendidas en los pasillos de las naves laterales. En pocos minutos entendió que la catedral se llamaba Notre Dame du Congo y que fue construida por los belgas en un pasado cercano.

Fue muy significativo para ella que esa iglesia estuviera dedicada a la Virgen porque en esos momentos necesitaba hablar con la Madre, por lo que se arrodilló en uno de los primeros bancos con un rosario entre sus manos.

Un buen rato después, alguien tocó su hombro derecho. Ella se dio vuelta y se encontró con un cura que le sonrió y le habló en francés. Se presentó como el padre Laurent y se sentó a su lado. Sor María Inmaculada se sintió cómoda de inmediato con aquel hombre que tenía edad para ser su abuelo y que parecía tener tiempo y ganas de escucharla. La franciscana habló alrededor de una hora sin parar, presa de una verborragia que no le era natural sino que era catarsis pura, obviando las formalidades del sacramento de la confesión, pero con el mismo resultado o quizás mejor aún. El cura la escuchó en silencio y finalmente le dijo:

—Hermana, usted no necesita el perdón del Señor sino recuperar su fe. Sin duda Dios la ha puesto a prueba con la enfermedad y trayéndola hasta aquí, pero ha de ser su destino. Debe reconciliarse con usted misma en primer lugar para encontrar la paz que necesita para seguir adelante. Lamentablemente no puedo ofrecerme para oficiar misa en Mumba, pero le daré una sugerencia que creo que le puede ser de gran utilidad: a pocas cuadras de aquí, tiene su sede la casa de las "Damas de Caridad del Congo Belga". Se podrá imaginar que son todas señoras con disponibilidad de todo tipo y cuyos maridos son muy influyentes en esta ciudad. Su hábito franciscano le abrirá la puerta sin inconvenientes. Puede preguntar por la señora Beatrix Lenoir de parte mía. Es la esposa del gobernador.

—Padre, no sé cómo agradecerle su paciencia y generosidad, por mí y por el Hogar San Francisco. En este momento parece claro que en el día de hoy debía venir aquí y conocerlo…

—Es muy probable, hija. Vuelva otro día y cuénteme cómo le fue con las damas.

Catalina salió de la catedral sintiéndose ella misma otra vez, con renovado optimismo y entusiasmo. Era un mediodía soleado e ideal para almorzar al aire libre la vianda que Bernadette le preparó para su excursión. Mientras comía se detuvo a pensar que no le contó nada a Ángela sobre su ida a la ciudad y que eso no era correcto. También pensó que el cura parecía desconocer la existencia de San Francisco, pero como no había hecho ningún comentario al respecto, quedaría la curiosidad.

Después del refrigerio, sor María Inmaculada caminó seis cuadras hasta la sede de las Damas de Caridad, tal como le indicó el padre Laurent. Fue recibida por una congoleña, que la hizo pasar a un *hall* y le indicó que esperara. Estaba dentro de una casa grande y espléndida. Cualquiera de los adornos o de los muebles podía hacer caridad por sí solo. Una de las puertas que daba al vestíbulo se abrió y apareció una mujer mayor, muy bien vestida y con un par de anteojos en sus manos. Catalina se persignó mentalmente porque si era *madame* Lenoir, iba a necesitar todo su entrenamiento previo con sor Caridad y Adèle.

—Buenas tardes hermana, soy Beatrix Lenoir, encantada. Me dicen que ha sido enviada por el padre Laurent. Pase a la biblioteca por favor.

Catalina suspiró aliviada porque la señora no era simpática pero sí muy educada y amable en recibirla sin previo aviso.

Madame Lenoir hizo servir té para ambas y se dispuso a escuchar a su desconocida visita. Sor María Inmaculada procuró hacer una breve síntesis informativa, sin detenerse en detalles ni en los hechos más sombríos. Cuando terminó, se produjo un silencio incómodo, porque la señora miraba fijamente su taza, como si lo que debía decir a continuación dependiera de la infusión.

—Sor María Inmaculada, la mayor parte de lo que me ha contado es terrible y me avergüenza tener que decirle que es la primera noticia que tengo sobre el Hogar San Francisco. Desconocía su existencia. No puedo creer que sus superiores en Bruselas las hayan dejado a la deriva, habiendo tantos niños que cuidar. Ha tenido una enorme suerte en haber conocido al padre Laurent el día de hoy. Con razón la ha enviado aquí y lo bien que ha hecho. Le habrá comentado que mi marido es el gobernador. Esta misma noche lo pondré al tanto de esta conversación. Además, estoy segura de que las damas estarán encantadas de colaborar desde todo punto de vista. Cuente con nosotras. No le puedo prometer que todas sus penurias acabarán, pero sí que tendrán cierto alivio.

Catalina no pudo evitar la emoción y se le llenaron los ojos de lágrimas. Dios había puesto la mano, no cabía duda. Se deshizo en agradecimientos con *madame* Lenoir, quien la acompañó hasta la puerta y la despidió con promesas de que tendría noticias suyas en unos días.

Le quedaban dos horas hasta el momento de su reencuentro con Badrú. Se sentía excitada por la entrevista y a la vez cansada, como si se hubiera sacado un peso de encima. Estuvo caminando por una de las avenidas que bordeaban la plaza principal, pero sin detener la mirada en casi nada. Finalmente se sentó en uno de los bancos de la plaza, esperando la hora señalada.

Badrú fue puntual. En el camino de regreso, apabulló al pobre hombre con su relato y lo mismo hizo con Adèle, quien debió interrumpirla varias veces para seguir el hilo de lo ocurrido. La parisina también se emocionó con las buenas nuevas, sobre todo en aquel día en el que parecía que sor Thérèse estaba peor. Las novedades fueron compartidas con las demás durante la cena y Ángela se mostró un tanto ofendida con Catalina. Cuando estuvieron solas en su cuarto, se esmeró en explicarle a su amiga y pedirle disculpas, que fueron aceptadas.

Al día siguiente, Ingrid respiraba pero parecía que era toda su actividad. Fueron a buscar a Eugene.

—Hermanas, creo que ha tenido otro ataque. Hay que llevarla al hospital para ponerle suero, de lo contrario se va a deshidratar. Es mi obligación como médico, pero de todas formas entiendo que ya está en manos de Dios y no en las mías.

Adèle se puso muy mal, como si realmente se tratara de su madre. Sor María Inmaculada intentó consolarla.

—Doctor, haga lo que se deba hacer. Yo iré con ella. No la voy a dejar sola en un hospital en sus últimas horas —fue la clara y seca indicación de sor Adèle.

Eugene partió en su auto rumbo a Leopoldville. Volvió cuatro horas después, con una ambulancia.

Catalina estaba indignada. No era justo, pero estaba claro que los motivos de la justicia divina no le iban a ser revelados en esos momentos.

Todas vieron partir a la ambulancia y entendieron en silencio que se estaban despidiendo de sor Thérèse, a quien no volverían a ver. De no haber sido por los niños, no habría habido cena alguna esa noche. Paulette se quedó en su cuarto, sin hablar con nadie. Bernadette perdió la compostura para la altura del postre. Ángela e Yvonne se ocuparon de acostar a los chicos, que se pusieron nerviosos al ver la angustia de todas las hermanas.

Sor María Inmaculada entendió que había quedado a cargo y las demás también.

XVIII
EL ENTIERRO

Las hermanas pasaron tres días sin noticias de Ingrid y Adèle hasta que el pobre Badrú apareció esa mañana con cara de velorio, literalmente. Sor Thérèse había fallecido la medianoche anterior. Eugene y sor Adèle se quedaron en el hospital a la espera de los papeles y de la entrega del cadáver. La parisina resolvió que el entierro sería en el hogar, detrás de la huerta, por lo que las directivas a sor María eran que hiciera los preparativos necesarios. Badrú se fue a Leopoldville nuevamente porque entendía que su camión haría las veces de servicio fúnebre.

Sor María Inmaculada sopesó la noticia lo mejor que pudo en el momento. En esas circunstancias resultaba indispensable el cura que no tenían. Reunió a las hermanas en la cocina para darles la noticia y le pidió a Ángela que buscara la forma de informar a los chicos.

Entre varias lograron cavar una fosa, que fue una tarea ardua y con la que tardaron más de lo que suponían. No tenían forma de saber exactamente cuándo llegarían por lo que sólo restaba esperar.

Estaban terminando de cenar cuando apareció el camión de Badrú. Adèle parecía haber envejecido diez años en cuatro días. Catalina no pudo evitar la asociación con la cara de su madre cuando se enteró de su enfermedad. Eugene estaba con ellos y entre los hombres y las argentinas, lograron bajar el cajón y entrarlo a la iglesia, colocándolo en el altar. Todas las velas en los candelabros estaban prendidas. Adèle se negó a comer y se quedó sentada en la iglesia; de hecho, pidió quedarse sola.

El doctor le dijo a Catalina que debía ir a su casa y que volvería a la mañana siguiente para el entierro.

Lo hicieron muy temprano, sin la presencia de los niños que no fueron despertados. Llovía. *¿Es necesario?*, pensó sor Maria fastidiada y recordando el entierro de Eulalia.

Las palabras del caso estuvieron a cargo de Adèle, que optó por hacer una suerte de biografía de sor Thérèse y luego abrió la *Biblia*. Eugene se paró al lado de Catalina, a quien tapó con su paraguas y rodeó con el otro brazo. La joven tomó nota del gesto y pensó que la abrazada en ese momento debía ser la parisina. Paulette se quedó parada a un costado, como quien va a un entierro y no quiere ser vista.

Todos terminaron muy mojados, así que para el desayuno les vino bien tomar algo caliente. Ángela e Yvonne se esmeraron en decirles a los niños que la superiora ya estaba en el cielo con Dios.

Eugene se despidió diciéndole a Catalina que trataría de pasar más seguido para ver cómo estaban y ayudarlas en cuanto pudiera.

Adèle se recluyó en su habitación por el resto del día, que fue penoso para todos.

Se había cumplido una semana desde la excursión de sor María Inmaculada a Leopoldville y no tenía noticias de *madame* Lenoir. Se daba cuenta de que estaba triste y ansiosa, pero temía que la señora se hubiera ido en falsas promesas.

La parisina apenas salía de su habitación para comer. Su cansancio y depresión eran obvios. Catalina le preguntó si quería que la ayudara a desmantelar el cuarto de sor Thérèse y si ella se encargaría de escribirle a sor Caridad. Adèle la miró pero no le contestó, por lo que sor María decidió no modificar la habitación, pero sí sentarse a escribir la carta.

Las hermanas trataban de lidiar con la rutina lo mejor posible por los chicos, pero Bernadette no tuvo más remedio que comunicarle a sor María que –una vez más– estaba en figurillas con las provisiones.

Muy a su pesar, Catalina se puso a pensar opciones: pedirle fiado a Badrú, pedirle un préstamo a Eugene –sin saber si lo podrían devolver– o ir a ver nuevamente a *madame* Lenoir para pedirle donaciones, sin rodeos. No podía digerir ninguna de esas alternativas, pero dejar de comer tampoco era una opción.

El tema de la escasez no era el único problema, ya que Adèle y Paulette brillaban por su ausencia. Entendía que ambas estuvieran muy tristes, pero eran cuatro manos menos. Se vio obligada a pedirle a Astrid más colaboración en general, ya que la belga estaba a cargo de la huerta, casi con exclusividad.

A la tarde siguiente apareció Eugene, y Catalina realmente se alegró de verlo porque necesitaba un interlocutor. Le sirvió un té en el despacho de Adèle y conversaron un buen rato. El doctor le dijo que él hablaría con Badrú y que, en el peor de los casos, asumiría la cuenta si no le podían pagar en un plazo razonable. Después fue a ver a Adèle y a Paulette. Ninguna estaba enferma y el doctor dijo que el mejor remedio para el estado de ambas era el paso del tiempo y la distracción. Catalina hubiera preferido una solución más práctica.

Bernadette se esmeraba pero todas las comidas eran a base de pescado y verdura. La fruta no sólo era el postre sino que también se servía en el desayuno y el té, por falta de harina de cualquier tipo.

Era sábado y sor María Inmaculada se levantó con dolor de cabeza. No encontraba una aspirina por ningún lado, seguramente porque no tenían. Astrid le informó que Adèle estaba en cama, con malestares digestivos. De repente escuchó ruido de motor afuera y bullicio infantil. Salió a la puerta y se encontró con un auto negro y enorme, del cual descendió *madame* Lenoir, ayudada por el chofer. Catalina se olvidó de su dolor de cabeza del minuto anterior y fue poco menos que corriendo a recibirla.

—Buenos días sor María Inmaculada. No es fácil encontrar este lugar. Hemos dado muchas vueltas y sin mi chofer habría sido imposible. No he venido antes por asuntos de la gobernación, pero tengo novedades para usted.

Catalina no sabía si abrazarla, besarla, bendecirla, todo eso junto o simplemente sonreír y agradecer. Condujo a *madame* Lenoir en un rápido *tour de forcé* por la iglesia y el hogar; le presentó a todas las hermanas y finalmente le sirvió un té en el despacho de Adèle, mientras le informaba del fallecimiento de sor Thérèse y la escasez de todo tipo que atravesaban en ese momento. Al igual que en la entrevista anterior, Beatrix la escuchó atentamente y se quedó mirando su taza, a la espera de que la infusión preparara la respuesta adecuada.

—Sor María Inmaculada, entiendo que estos últimos días han debido parecer un siglo para ustedes. Mi más profundo pésame por sor Thérèse. Y ahora que he recorrido el lugar y he visto a los niños, me doy una acabada idea de la situación general. Debí haber venido antes. Mil disculpas. Puedo imaginar que usted habrá empezado a dudar de mi palabra, pero heme aquí. En recompensa, paso a darle las buenas nuevas: las damas se encuentran en plena campaña para recaudar fondos, ropa, alimentos, libros y cuanta cosa pueda serles de utilidad. El gobernador personalmente ha hablado con sus superiores, a quienes les ha llamado severamente la atención porque a ustedes les hace falta absolutamente todo. La respuesta obtenida ha sido que dispondrán de un giro de dinero en forma mensual y que en breve llegará un cura para quedarse aquí, del que por ahora sólo sé que su nombre es Benoît.

Era la segunda vez que se veían, pero Catalina ya sentía que adoraba a esa mujer que Dios colocó en su camino en el momento oportuno.

Madame Lenoir se despidió de sor María Inmaculada con la promesa de que las donaciones serían enviadas a la brevedad.

Adèle hizo su aparición durante la cena y Catalina le informó todo lo sucedido. Para su sorpresa, la parisina se alegró y la felicitó por haberse hecho cargo de tan importante visita.

La tarde siguiente apareció Eugene con un ramo de flores en sus manos.

—Catalina, esto es para usted, para tratar de robarle una sonrisa.

Sor María Inmaculada recibió el ramo un tanto sorprendida e incómoda por el repentino cambio de actitud del médico, quien además le propuso caminar a la vera del río en esa tarde soleada. No encontró motivo para oponerse, aunque no le parecía adecuado.

Durante el paseo, le contó acerca de la visita de *madame* Lenoir y las felicitaciones de Adèle. Eugene dijo que se alegraba enormemente por las novedades, pero su expresión no se condecía con su discurso.

Cuando volvieron al hogar, examinó a Adèle, a quien le diagnosticó gastritis, que era un malestar provocado por los nervios alterados, en su caso.

Esa noche, Catalina comentó con Ángela el tema del ramo de flores y el cambio de actitud de Eugene.

—Tal vez el doctor esté interesado en Catalina y no en sor María Inmaculada —comentó con picardía la correntina.

—En ese caso, Eugene tiene un problema con sor María Inmaculada, porque Catalina no ha hecho nada por interesarlo —fue su seca respuesta.

XIX
LA PROPOSICIÓN

Madame Lenoir cumplió su palabra y cinco días después de su visita apareció en el hogar un camión de la gobernación, del cual bajaron cuatro hombres uniformados que preguntaron por sor María Inmaculada y se ocuparon de descargar decenas de cajas y paquetes. Todos se congregaron en el comedor y fue mejor que varias Navidades juntas. Bajo las directivas de las hermanas, los chicos abrían distintos bultos y anunciaban qué había dentro. El contenido era muy variado: comida, ropa, calzado, libros, útiles escolares, papel, vajilla, sábanas, utensilios de cocina, conservas, algunos juegos de mesa y juguetes, elementos de limpieza, de tocador, instrumentos musicales y hasta adornos. Catalina les dio permiso a los niños para que se repartieran los juguetes y se divirtieran antes de la cena. Las niñas más grandes se mostraron muy interesadas en algunas prendas y zapatos.

Bernadette preparó poco menos que un festín esa noche. Todos comieron hasta quedar repletos. Fue muy notable el efecto instantáneo de la ingesta de harina, papa, sal y azúcar en todos.

Adèle le dijo a Catalina que dispusiera la guarda de las cosas como mejor le pareciera. La joven valoró la confianza pero a la vez le resultaba evidente que la parisina estaba tomando distancia de sus funciones habituales.

Sobre el fin de semana volvió Eugene. Esta vez Catalina sintió fastidio porque temía que las recurrentes visitas del médico se transformaran en un problema en el que no tenía el menor interés. El doctor Lemba traía un libro de regalo para sor María. Ella lo recibió y lo abrió, como correspondía por educación. El título era *Persuasión* de Jane Austen, autora inglesa que conocía de nombre pero de la que no había leído nada. No pudo ocultar su entusiasmo y Eugene estaba encantado por el efecto de su regalo. Catalina le dijo que comenzaría su lectura esa misma noche y se despidió, argumentando que tenía mil cosas por hacer.

El clima había cambiado por completo en el hogar. Todas las donaciones fueron aprovechadas al máximo y se respiraban aires de abundancia y alivio.

Sor Yvonne le propuso a sor María Inmaculada dar lecciones básicas de música a los niños, para dar un buen uso a los instrumentos donados. La holandesa estaba muy emocionada con la idea de recordar sus días de conservatorio y formar un coro infantil. Catalina le contestó que le parecía una idea fantástica que entusiasmaría mucho a los alumnos.

Pero también se dio un cambio que no resultaba muy positivo y era la actitud de Adèle, que compartía las comidas, pero pasaba el resto del día en su cuarto o caminando por los pasillos y los alrededores del hogar, como quien está de visita obligada y se aburre. Catalina estaba desconcertada con la parisina, a quien veía con más ánimo y mejor semblante, a pesar de lo cual no le preguntaba ni cuestionaba nada sobre el día a día. Ella la mantenía informada y Adèle tomaba nota, sin hacer mayores comentarios en general, salvo por la supuesta llegada del padre Benoît, que le interesaba en forma puntual.

Ángela tuvo la ocurrencia de fabricar un regalo para *madame* Lenoir, pero no se animó a hacerlo ella misma, por lo que le explicó la receta a la cocinera, quien la miró desconfiada.

Una noche, después de cenar, se quedaron solas en la cocina. Bernadette fue siguiendo las indicaciones de Ángela y se maravilló a medida que veía y olía el resultado. A la mañana siguiente se lo hicieron probar a Catalina, quien no podía creer lo que saboreaba.

—Bernadette, siendo el primer intento, la felicito. Haber logrado este resultado con leche de cabra es muy meritorio. No es como el que hace mi madre, pero se le parece. Ángela, excelente idea, no se me hubiese ocurrido. Lo mejor sería ponerlo en frascos y si querés vamos juntas a ver a Beatrix, así vos le explicás qué es y cómo se hace el dulce de leche. El problema será que lo descubran los chicos, porque les va a encantar y lo querrán comer todo el tiempo.

—Propongo que les digamos que será para ocasiones especiales —acotó Ángela.

En ese momento, apareció Eugene, sin nada entre las manos, para alivio de Catalina.

—Buen día doctor. Qué seguido que nos visita últimamente, aunque estemos todos sanos… —fue el comentario malicioso de sor Clara.

El galeno se incomodó y dijo que quería revisar a Adèle, por su gastritis.

Sor María Inmaculada optó por no hacerse cargo de la visita de Eugene y siguió con sus tareas habituales.

Estaba decidida a tener más contacto con los niños porque Ángela le había hecho notar que no sabía nada sobre la mayoría de ellos, pese a su clase semanal de Historia.

Se propuso conversar más con los niños durante las comidas, especialmente con las ahijadas de sor Clara, que la tenían preocupada porque ambas estaban en edad de desarrollarse y debían encarar esa problemática.

Hizo arreglos con Ángela y las demás para que ambas fueran con Badrú a visitar a *madame* Lenoir y entregarle los frascos de dulce de leche de regalo.

Una noche, Catalina fue a la cocina y pescó a Bernadette comiendo dulce de leche a escondidas. A sor María Inmaculada le hizo gracia y la parisina mayor dijo: *"Touché"*. Ambas rieron y guardaron el secreto de la travesura.

Beatrix Lenoir las recibió sonriente. Ángela le entregó los frascos y Catalina sugirió que abriera uno y lo probara con una cuchara. La señora obedeció y su expresión fue digna de ver: era la de una niña ganando un torneo escolar o la búsqueda del tesoro. De hecho, comió varias cucharadas seguidas, hasta que las argentinas le sugirieron que parara o terminaría con un ataque al hígado. Las jóvenes no pudieron con su genio y entre ambas le contaron el origen argentino del dulce de leche, tal como lo aprendieron en la biblioteca de Villaguay: su invención se remontaba al año 1829 y sucedió en la estancia de Juan Manuel de Rosas, en

Cañuelas, provincia de Buenos Aires, el día que se reunió con su enemigo político y primo hermano, Juan Lavalle, para firmar un pacto de paz. Lavalle fue el primero en llegar, fatigado, por lo que se recostó sobre el catre de Rosas y se quedó dormido. La criada de Rosas, mientras hervía leche con azúcar (preparación conocida en esa época como lechada), para acompañar el mate de la tarde, se encontró con Lavalle durmiendo sobre el catre de su patrón. Ella lo consideró una insolencia y fue a dar aviso a los guardias. Cuando Rosas llegó, no se enfadó con Lavalle y le pidió a la criada el mate con leche, quien recordó en ese momento que había dejado la leche con azúcar al fuego durante todo ese tiempo. Al regresar a buscar la lechada, la criada se encontró con una sustancia espesa y de un color similar al marrón. Su sabor agradó a Rosas y se cuenta que compartió el dulce con Lavalle mientras discutían los puntos del pacto.

Claro que también debieron explicarle a Beatrix quiénes eran aquellos personajes históricos, qué era el mate y aclararle que el dulce de leche se hace con leche de vaca, que queda mucho mejor que con leche de cabra.

Madame Lenoir quedó encantada con la anécdota y por su parte les dijo que en Francia existía algo parecido, llamado *confiture de lait*[12], pero que no tenía punto de comparación con esa delicia.

---

[12]En francés: mermelada de leche. Versión menos caramelizada, tradicional de la cocina de Bretaña, Normandía y Saboya.

Les sugirió que prepararan cierta cantidad y se los llevaran para la venta, que ella garantizaba entre las damas de la caridad.

Después, Beatrix les cambió de tema y les dijo que tenía novedades sobre la llegada del padre Benoît, la que debía producirse en el transcurso de la semana siguiente. Ella lo recibiría en Leopoldville y lo acompañaría hasta Mumba en su auto oficial.

Las argentinas volvieron al hogar con la sonrisa dibujada en sus rostros y ansiosas por contarles las buenas nuevas a todos.

La más interesada fue Adèle, no tanto en el dulce de leche sino en el arribo del cura, que fue precedido por una nueva visita del doctor Lemba.

Eugene apareció de tarde y Catalina estaba en el despacho de Adèle, ocupándose de las cartas de Ada y de su madre, que Badrú le había entregado esa mañana.

—Buenas tardes Catalina, ¿puedo pasar? —preguntó el galeno.

Ella le hizo gesto de que pasara y se sentara en el otro sillón, mientras apoyaba las cartas sobre la mesa redonda que ocupaba el espacio entre ambos.

—Buenas tardes Eugene, ¿ha venido por la gastritis de Adèle?

—No, Catalina, he venido especialmente para hablar con usted.

Sor María temió esa respuesta y supo que habría de pasar un mal trago.

—Catalina, es muy difícil para un hombre de mi edad y posición lo que haré a continuación. Créame que he tratado de evitarlo por todos los medios, pero llega un punto en el que uno no puede ir contra uno mismo y he llegado a esa instancia. Después de enviudar, entendí que en algún momento debía buscar una nueva esposa que fuera también una nueva madre para mis hijas. Lo que nunca imaginé fue que volvería a enamorarme y menos de una mujer imposible, que es su caso, pero me ha pasado y no pude remediarlo. Aunque presumo su respuesta, quiero que sepa que mi proposición es muy seria y formal: entiendo que en estos días llegará un nuevo cura y que las cosas por aquí han mejorado notablemente. Usted es muy joven y bonita. Si estuviera dispuesta a dejar los hábitos, yo le ofrezco casamiento y si prefiere vivir en la ciudad, nos mudaríamos a Leopoldville de inmediato.

Catalina lamentó no tener una taza de té frente a sí, para quedarse mirándola como hacía *madame* Lenoir, a la espera de que la infusión le diera la respuesta adecuada. Juntó fuerzas y dijo:

—Eugene, lamento mucho toda la situación, pero creo que en ningún momento he tenido con usted actitudes que pudieran entusiasmarlo o confundirlo, aunque es verdad que uno no elige de quién se enamora. Por mi parte, me he casado con el Señor y así será por el resto de mis días. Si éstas no fueran las circunstancias, me sentiría muy halagada y consideraría su propuesta, pero eso implicaría otra vida que no tengo. Le ruego encarecidamente que no nos abandone como médico. Bien sabe que la salud de todos los que vivimos aquí depende de usted. Entenderé que prefiera no verme en sus próximas visitas; quizás sea lo más adecuado para ambos —dijo Catalina, haciendo un esfuerzo por sonar suave y amable.

El galeno miraba por la ventana, a falta de la taza de té.

—Entiendo su respuesta Catalina, que suponía de antemano. Espero no haberla ofendido, aunque me doy cuenta de que la he incomodado y le pido disculpas. De todas maneras, le doy las gracias por haberme escuchado y porque de alguna forma me ha sacado un peso de encima y ahora puedo irme en paz. No se preocupe, que seguiré cumpliendo mis funciones médicas en el hogar.

Catalina se quedó sentada un buen rato, mirando por la ventana, conmovida por la situación vivida con Eugene. *Pobre hombre... qué difícil lo que acaba de hacer... qué valiente... se debe haber sentido muy avergonzado. ¿Qué hago la próxima vez que venga? Creo que no soy ni tan linda ni tan interesante como para recibir semejante propuesta, con el hábito puesto... José tuvo el decoro de marcharse sin proponer nada, pero Eugene fue directo hasta el final. Otro secreto más para la tumba, porque no veo que se lo pueda contar a nadie, aunque es probable que Ángela se dé cuenta sola de lo que pasó...*

En ese momento, sor María Inmaculada escuchó ruidos de vidrios rotos en la cocina, a la que fue de inmediato: Nadra intentó abrir un frasco de dulce de leche y se le cayó al piso. La chica lloraba y la miró con cierto temor. Catalina la tranquilizó, pero le dijo que debió haber pedido permiso y que no lo volviera a hacer. En otro momento, le indicó a Bernadette que cambiara de lugar los frascos de dulce de leche, fuera del alcance de los chicos.

XX
BENOÎT

Beatrix apareció en su auto oficial, con su chofer y el padre Benoît, una tarde de la semana siguiente. Todos salieron a recibirlos. *Madame* Lenoir hizo las presentaciones de rigor y sor María fue la primera en saludar al cura, quien vestía el hábito franciscano y se lo notaba un tanto acalorado por el viaje.

El sacerdote era un hombre de unos cincuenta años, al que le sobraban muchos kilos y le faltaba mucho pelo. Tenía la cara roja como un tomate que – más allá del calor– parecía ser su color natural. Sus manos eran más bien redondas, como todo en él. Catalina tuvo un mal presentimiento en cuanto lo vio y hubiera preferido que se volviera con Beatrix, después de una simple visita de cortesía.

Adèle se había ocupado de acondicionar la habitación de sor Thérèse para el nuevo miembro del hogar, por lo que ella misma lo condujo hasta su cuarto y se lo mostró con el entusiasmo de una vendedora de casas en malas condiciones.

El cura no dijo mucho, pero era evidente que esperaba bastante más de su nueva ubicación.

Catalina y Ángela aprovecharon para entregarle unos veinte frascos de dulce de leche a *madame* Lenoir, quien los recibió encantada y los hizo cargar en su auto. Les dijo que ella se quedaría con varios y que consideraran vendido el resto, por un precio acorde con la disponibilidad de las compradoras. Aceptó una taza de té, que tomó rápidamente y se marchó.

Benoît deshizo su valija y se cambió para la cena. Cuando llegó al comedor se sentó en la cabecera, sin preguntarle nada a nadie. Un minuto más tarde entró sor Adèle y tomó nota de que su lugar había sido ocupado.

—Padre, veo que ha optado por ocupar la cabecera. Le cedo mi lugar. No hay inconvenientes —comentó la parisina, visiblemente contrariada.

—Le agradezco sor Adèle —fue toda la respuesta del cura.

A Catalina le cayó muy mal la actitud del franciscano, pero no podía ir más allá que la parisina.

Esa noche, el recién llegado mostró un gran apetito y ningún interés en conversar con nadie. Ante la pregunta de Astrid sobre su nacionalidad, se limitó a contestar que era de padre irlandés y madre franco-canadiense, lo cual explicaba su nombre de pila y su extraño acento en francés. Las argentinas tomaron nota de que el cura también hablaba inglés.

Sin mayores comentarios, sor María y sor Clara coincidieron en que la llegada del cura tal vez no fuera una buena noticia y acordaron en dedicar sus oraciones para que no fuera así.

Con el correr de los días, quedó en evidencia que el padre Benoît estaba allí contra su voluntad. Los domingos daba misa porque no se podía negar, pero sus sermones eran breves e improvisados. Disimulaba con sor Adèle, a quien le entró por el ojo izquierdo y casi no conversaba con nadie, ni en las comidas. A Catalina le llamaba la atención que la evitaba todo lo posible y que a ciertas horas del día no se sabía dónde estaba.

Luego de que todas se confesaron con el cura, coincidieron que Benoît se limitaba a escuchar por obligación.

Una tarde, Eugene hizo su reaparición en el hogar. Catalina lo encontró en la cocina conversando con Bernadette sobre el nuevo cura. El saludo fue incómodo para ambos, pero el diálogo siguió su curso. Sor María Inmaculada dijo que buscaría a Benoît para presentarlos. El irlandés dormía la siesta en su habitación, por lo que se molestó ante su interrupción. El doctor Lemba no se hizo cargo de su fastidio y le preguntó si podía evaluarlo y llenar su ficha médica, a lo cual el cura se negó en redondo, cerrando la puerta del dormitorio en las narices del galeno, quien farfulló unas cuantas palabras en lingala, para que no se entendieran, supuso Catalina.

El otro que reapareció fue Badrú, a quien hacía un rato que no veían. Esta vez el buen hombre oficiaba de cartero, una vez más, dejando cartas para sor Adèle y para sor María.

La parisina tenía una muy buena noticia y una muy mala, como correspondía en esta vida del Señor: la primera carta venía de Villaguay y la firmaba sor Piedad, comunicándoles del fallecimiento de sor Caridad de un paro cardíaco. La segunda carta venía de París y estaba firmada por un notario, quien le notificaba que una prima hermana había testado a su favor, dejándole todos sus bienes, ante la falta de otro pariente que ella misma. Como Adèle nunca vio ni una foto de Caridad, no se podía pretender que se lamentara mucho al respecto. En realidad, su comentario fue que Ada no soportó la muerte de su hermana mayor, Ingrid, falleciendo de la misma enfermedad. Tampoco conoció a su prima hermana en la vida; sólo recordaba que se llamaba Sophie y que era hija de una hermana de su padre.

La carta para Catalina era de su madre y le contaba que Blanca se había casado con un muchacho de Pergamino. Le adjuntaba una foto de los novios y las familias, en la puerta de la iglesia.

Entre las noticias de su hermana y las de Caridad, no podía parar de llorar. La impotencia por no haber estado presente y enterarse tiempo después, era insoportable. Ángela intentó consolarla pero no tuvo mucho éxito.

Sor María Inmaculada trató de entender que el resto del mundo seguía con su vida, incluyendo la muerte, por más que ella estuviera confinada en el Congo Belga. La foto que le envió su madre la obligó a enfrentar otra realidad.

XXI
El TÉ DE LAS DAMAS

Todas se sentían a disgusto con el padre Benoît. Era la clase de persona que incomodaba por su sola presencia. Ni siquiera le caía bien a Saida, a Rachida o a Badrú. Los niños y él se evitaban mutuamente, en forma natural. Bernadette trinaba porque el cura le suministró una serie de indicaciones sobre su dieta personal, como si aquella fuera la cocina de una dependencia vaticana.

Catalina no tenía tiempo de hacerse malasangre por el irlandés, ya que su siguiente problema era la inminente partida de Adèle. La parisina escribió a Bruselas el mismo día que recibió la carta, informando a sus superiores que debería viajar a París, dada la citación del notario para aceptar la herencia de su prima.

Sor Adèle fue sincera con sor María Inmaculada y le dijo que apenas recibiera la respuesta, viajaría para regresar cuando fuera posible. En cuanto al padre Benoît, su opinión era la más negativa de las disponibles.

—No hemos tenido suerte con este cura, pero tampoco podemos quejarnos con Bruselas porque nos resulte antipático y nada más —fue su breve comentario.

Un mes después Adèle recibió la autorización de Bélgica para su licencia.

En la década anterior, la parisina abrió una libreta de ahorros en el Banco del Congo Belga, a nombre del hogar y donde se depositaron las "monedas" que tenían entre todas. Nadie volvió a pensar en su existencia. Pero en esos días Adèle la recordó obligadamente, para ver si podía costear un pasaje hasta París. Fue a Leopoldville con Badrú y volvió exultante con un pasaje de avión entre sus manos, para la semana siguiente. Les explicó que los intereses durante tantos años dieron sus frutos y que, al volver, depositaría el doble del importe que extrajo para su pasaje, en agradecimiento por el préstamo y como regalo para todas.

Al padre parecía tenerle sin cuidado el viaje de Adèle y distaba de tener una actitud que implicara que él pasaría a ser la autoridad. Era tan evidente que la parisina optó por hacer un anuncio en la cena anterior a su partida.

—Sor María Inmaculada, las hermanas y yo confiamos en que usted tome el mando mientras dure mi ausencia. No hay dudas acerca de su capacidad y responsabilidad.

Benoît estaba muy ocupado con una espina del pescado que estaba comiendo, por lo que ni levantó la vista ante el anuncio.

Catalina agradeció la confianza, pero quedó atragantada con la indiferencia del irlandés.

Al día siguiente de la partida de sor Adèle, Nadra dejó de ser niña. Estaba muy dolorida y lloraba, por lo que mandaron a buscar a Eugene. El médico la revisó, dijo que el proceso era normal y que se quedara en cama, aplicando paños calientes sobre el abdomen. Les dejó un gran paquete de algodón y se fue.

Catalina y Ángela sabían por experiencia el resultado de esa visita, pero se sintieron obligadas ante la ausencia de Adèle.

Akina fue la que más se impresionó con el cambio de Nadra, porque tenían la misma edad, por lo que era fácil deducir que ella sería la siguiente en esa situación.

Unos días después, Badrú trajo una esquela de *madame* Lenoir, en la que les comunicaba a las argentinas que las esperaba a tomar el té el viernes siguiente.

Ángela le dijo a Catalina que fuera ella, ya que no le parecía que se ausentaran las dos juntas, aunque fuera por una tarde. A sor María Inmaculada esa actitud le produjo culpa, pero el criterio de sor Clara era atinado.

Catalina creyó que estaría a solas con Beatrix, pero cuando llegó esa tarde a la casa, se encontró con nueve damas más en el salón principal. Todas parecían más o menos de la misma edad que *madame* Lenoir y vestían modelos parecidos, aunque ella era la más elegante.

El servicio de té fue espléndido. Las damas se mostraron interesadas en conversar con sor María Inmaculada, quien parecía ser la atracción de esa tarde. Se deshicieron en elogios con el dulce de leche y le encargaron cuantos frascos pudieran producir porque ya existían pedidos de Bélgica y de París, a través de amigos y parientes. *Madame* Lenoir le entregó un sobre con un montón de dinero, que era el pago por los frascos ya vendidos.

Catalina se sintió un tanto apabullada por la cuestión mercantil y se mostró muy agradecida con todas.

Hubo una dama que se le acercó especialmente a conversar.

—Sor María Inmaculada, mi nombre es Madèleine, encantada —dijo, extendiéndole la mano.

Ella extendió la suya y la miró expectante.

—Beatrix nos ha hablado mucho de usted y del hogar. Me gustaría ir a conocerlo. Como no he podido ser madre, me interesan mucho los niños necesitados. Supongo que no tendría inconveniente en que la visite.

—Por supuesto que la esperamos con los brazos abiertos. Los niños estarán encantados de conocerla.

—Por favor dígame qué podría gustarles a los niños como pequeño obsequio de presentación.

—Creo que podría indicarle un montón de cosas necesarias, pero se me ocurre que, si realmente es un presente para ellos, ninguno ha visto un globo, por ejemplo…

—Ay, pero que idea tan linda hermana. Si no hay en la ciudad los mandaré a pedir de inmediato. Una caja entera, como mínimo.

Se saludaron con deferencia y Madèleine prometió ir en breve.

Catalina volvió contenta, con dinero y una nueva benefactora infantil, para alegría de Ángela y de los chicos.

Con el relato de aquella tarde, sor María Inmaculada terminó de escribir en su tercer cuaderno de anotaciones personales o de ¿viaje?

XXII
LA RADIO

Madèleine llegó con una caja de globos y otras golosinas, en un auto de color negro con chofer, muy parecido al de *madame* Lenoir. Todos salieron a recibirla. Tuvo el gesto de armar un ramillete de cuatro globos para que los chicos se dieran cuenta de qué eran. Quedaron todos fascinados y empezaron a inflarlos como podían, con ayuda del chofer y de algunas hermanas. Los más chicos se peleaban por los colores, que podían ser: rojo, amarillo o blanco. Mientras intentaban explicarles que los globos se pinchaban y se volaban, pasaron ambas cosas. Wamba, el más chico de todos, se puso a llorar, pero fue rápidamente consolado con otro globo.

Sor María Inmaculada le mostró a Madèleine todo el lugar y después se sentaron a tomar el té con las hermanas, que había sido preparado por Bernadette para la ocasión. Benoît brillaba por su ausencia, para alegría de todas.

Madèleine quedó poco menos que horrorizada ante la falta de electricidad, de agua potable y el estado general de las edificaciones.

Se acercaban las fiestas de fin de año y la nueva benefactora prometió grandes donaciones a cargo de Papá Noel.

Ángela quedó encantada y guardó la caja de globos fuera del alcance de los chicos.

El mes de diciembre era difícil para Catalina porque era la época en la que se ponía muy nostálgica con la Argentina. Las cartas familiares y las tarjetas navideñas –cuando llegaban a tiempo– empeoraban su ánimo, que no mejoraba hasta después de su cumpleaños.

Sor Clara tenía la reacción opuesta: se entusiasmaba con las fiestas y se dedicaba a pensar y a preparar cosas para los chicos, gracias al cielo.

Para esa Navidad habría regalitos y misa, que era lo único que se podía esperar del irlandés. Podrían invitar a Badrú y pedirle un poco de percusión para cantar y bailar.

Una semana antes, reapareció Madèleine, de sorpresa y con grandes donaciones, tal como había anunciado.

Llegó en su auto, pero con un camión militar detrás, del que bajaron nada menos que una heladera a kerosén, cajas con provisiones, ropa y muchos tarros de pintura blanca.

El chofer bajó un aparato que Catalina reconoció de inmediato como una radio, del estilo de la que recordaba en el almacén del padre de Irineo.

—Madèleine, no puedo creer que nos done una radio —dijo sor María Inmaculada por demás excitada con el objeto.

—Es antigua y ya no la usamos porque tenemos otra mucho más nueva en casa. He pensado que no pueden estar tan desconectados del mundo, hermana. Por lo menos así escucharán las noticias y un poco de música. No se preocupe por las baterías porque le traeré de repuesto, y le aclaro que es un aparato muy bueno, con mucha recepción. Seguramente sintonizarán *Radio Leopoldville, Radio Congo Belge* y *Radio Brazzaville*, que es repetidora de algunos programas de la *BBC* de Londres. Si quiere, la probamos en la biblioteca… —dijo Madèleine, que estaba tan entusiasmada como sor María Inmaculada.

Mientras tanto, Bernadette no podía contener la emoción por la heladera que acababan de dejar en su cocina.

Catalina y Madèleine jugaron un rato con la radio, a ver qué pescaban. Tal como dijo la dama, se sintonizaban varias radios, aunque no todas con la misma nitidez, pero se debía tener en cuenta la influencia del clima, por ejemplo.

Sor María Inmaculada estaba tan embobada con el aparato que no le dio la debida importancia a las demás donaciones. Se sintió mal porque la misma Madèleine le aclaró que todas las damas habían colaborado con el resto y que el gobernador enviaría varios hombres para que pintaran la iglesia y el hogar, bajo las directivas de las hermanas, después de Año Nuevo.

Madèleine se marchó, prometiendo otra visita después de las fiestas y las hermanas quedaron congregadas alrededor de la radio, fascinadas, como si estuvieran en presencia del Papa.

El humor de Catalina cambió por completo. Todas las noches, después de cenar y de acostar a los niños, las hermanas se reunían en la biblioteca y escuchaban algún programa en la emisora que mejor sintonizara en ese momento. Por suerte, el irlandés parecía no tener interés en la cuestión.

Esa Navidad fue distinta gracias a la radio, que obvió la ausencia de Adèle pero que no logró ocultar la cara rojiza del padre Benoît, que se retiró temprano a su habitación.

Ángela e Yvonne habían preparado una linda sorpresa para después de la cena y fue el debut del coro infantil del hogar. Los chicos cantaron varios villancicos y se sintieron muy orgullosos de su actuación.

El Día de Reyes parecía que todos se pusieron de acuerdo para llegar juntos y de sorpresa: Madèleine llegó en compañía de cinco jóvenes uniformados, que se pusieron a la orden de sor María Inmaculada, dispuestos a pintar todo el lugar esa misma tarde. Al mismo tiempo apareció Eugene con sus hijas, a quienes no conocían. Las niñas eran muy educadas y llevaban sendas canastas con caramelos para convidar a los chicos, con quienes se pusieron a jugar de inmediato, mientras el doctor y la dama benefactora fueron debidamente presentados e invitados a tomar un té. Eugene se sintió obligado a darles algunas indicaciones técnicas a los improvisados pintores, que empezaron por la iglesia. Catalina le mostró la radio donada por Madèleine, que el galeno empezó a toquetear al tiempo que comentaba:

—Bueno sor María Inmaculada, ahora no tendrá más remedio que tomar contacto con la difícil realidad de este país. Le aviso que es muy probable que algunas noches sintonice una radio que no va a reconocer, porque es una frecuencia en la cual transmite un radioaficionado desde Mumba. Le puedo adelantar que le gusta mucho el jazz y que dista de simpatizar con las autoridades belgas.

Catalina se alegró –sin saber bien por qué– de que Madèleine no estuviera presente en ese momento para escuchar el ilustrativo comentario del doctor.

XXIII
MIVEK

Era a principios de un nuevo enero y Catalina se sorprendió al pensar en los años que ya llevaban Ángela y ella en el Congo. Por esos días, Akina también dejó de ser una niña y sor Clara se emocionó ante los cambios de su alumna preferida, a quien todavía recordaba cuando se conocieron. A Catalina le dio cierta impresión al reflexionar acerca de todo lo ocurrido en sus vidas en esos años, que en ese momento parecían haber pasado a toda velocidad. Pero debía reconocerse a sí misma que ya era una mujer que se acercaba a los treinta, que poco y nada tenía que ver con la muchacha que salió de Villaguay.

Lo más importante era que la casa estaba en orden y progresaba por primera vez en décadas. Gracias a las Damas de Caridad, la iglesia y el hogar fueron pintados y sus estructuras refaccionadas, tenían dinero suficiente para cubrir las necesidades de todos, un cura que se ocupaba de los sacramentos, y salud.

Acababa de recibir una carta de Adèle, que le deseaba feliz cumpleaños y le daba una muy escueta explicación acerca de las complicaciones legales de su herencia, que demoraban su retorno sin plazo.

Madèleine era una visita permanente y gracias a ella comenzaron las obras para construir un tanque de agua y un pozo ciego.

Era evidente que la dama se había encariñado con el pequeño Wamba, por lo que todos los chicos recibían regalos de su parte, en cada visita.

Beatrix no regresó al hogar, pero establecieron que el último viernes de cada mes, sor Clara y sor María estaban invitadas a tomar el té, circunstancia en la que llevaban frascos de dulce de leche y volvían con un sobre lleno de dinero.

Le preocupaba el padre Benoît, al que sólo veían en las comidas o en la iglesia. Su ostracismo era peor que el de sor Paulette, que ya era decir mucho. El sacerdote no conversaba con nadie, contestaba con monosílabos, pasaba mucho tiempo encerrado en su habitación o desaparecido. Y su falta de higiene era un tema en sí mismo.

Catalina ya no tenía muchas dudas acerca de la íntima relación entre el irlandés y el *whisky*, pero no tenía ninguna prueba, todavía.

Eugene y Madèleine tuvieron toda la razón acerca de la radio. En un par de ocasiones, se quedaron sin baterías y todas se desesperaron ante la idea de tener que esperar la próxima visita de la dama, por lo que le pidieron a Badrú que les consiguiera baterías nuevas.

La hora de la radio después de cenar era sacrosanta para ellas, aunque las hermanas no sabían que —en más de una ocasión— Catalina regresaba a la biblioteca, a prender el aparato a solas, y así tratar de sintonizar a Mivek, el radioaficionado de Mumba, que la tenía fascinada, tanto por la música que ponía como por las cosas que decía. Le parecía que el congoleño era un hombre de la edad de Eugene. Su voz era grave y un poco ronca. Gracias a él descubrió a Miles Davis, a Thelonius Monk, a Charly Parker, a Sarah Vaughan y tantos otros.

A veces Mivek deslizaba ciertos comentarios entre un tema musical y otro. A Catalina le daba la impresión de que esos comentarios dependían del estado de ánimo del radioaficionado. Pero le llamaba mucho la atención que, en tres oportunidades, lo había escuchado decir algunas frases en lingala puro, no mezcladas con el francés, lo que parecía deliberado.

El congoleño daba a entender que el gobernador Petillon intentaba mejorar la situación del Congo Belga, pero que sus reclamos, quejas y sugerencias no encontraban ningún eco en el Consejo Colonial, con sede en Bruselas.

Catalina no conocía en persona al gobernador, pero bien sabía que Beatrix era su esposa. No le parecía buena idea contarle acerca de Mivek, sobre todo porque no le constaba que estuviera al tanto de la donación de Madèleine.

Petillon proponía, entre otras cosas, reconocer el derecho a voto de los congoleños. Según Mivek, esta propuesta era rechazada por el gobierno belga, que consideraba que esa medida y otras similares sólo conllevarían a una mayor desestabilización de la región.

Sor María Inmaculada optó por guardarse esa información, ya que se daba cuenta de que las radios oficiales estaban muy lejos de ese discurso. Las hermanas disfrutaban escuchando los éxitos de Pérez Prado, Frank Sinatra o Nat King Cole y no tenía ningún sentido crearles un problema inexistente para ellas.

Pero en la siguiente visita de Eugene, Catalina se tentó y le comentó acerca de sus escuchas secretas. Al galeno esa confesión le hizo gracia y le dijo que él también intentaba sintonizar a Mivek todas las noches. En efecto: tenían casi la misma edad y se conocían, por lo que de vez en cuando Eugene lo visitaba y lo ayudaba con su transmisión, eligiendo los discos, por ejemplo. Sor María Inmaculada se sorprendió ante ese costado de Eugene, desconocido hasta ese momento.

Estaba claro que el doctor compartía las opiniones de Mivek, sobre las que decidió explayarse:

—Sor María, ahora que tiene alguna idea sobre el malestar de los congoleños, me atrevo a decirle que en este país todavía existen los trabajos forzados, en las minas, para darle un ejemplo. Los belgas construyeron un ferrocarril que va directo al Atlántico, no porque quieran el progreso del Congo, sino para facilitar el transporte de todos los minerales que extraen de las minas que explotan, tal como el uranio, que fue fundamental para Estados Unidos y los aliados en la Segunda Guerra o la producción de caucho, que es básica para la industria de los neumáticos. Yo le estoy hablando de una explotación que lleva más de cinco millones de vidas cobradas. Le recomiendo una novela que se titula *El corazón de las tinieblas*, escrita por Joseph Conrad, quien vivió unos meses en el Congo a principios de siglo y decidió retratar la barbarie. El protagonista fue víctima de un traficante de marfil. El libro no se consigue, pero yo tengo un ejemplar y se lo puedo prestar.

Sor María Inmaculada estaba demudada. No logró articular comentario alguno. Se preguntaba si alguna de las hermanas tenía idea de lo que Eugene acababa de contar. También se preguntó si las damas tenían acceso a esa información. La respuesta obvia le dio vergüenza ajena.

Esa noche Catalina no trató de sintonizar a Mivek.

XXIV
LA SOBRINA

El tanque de agua estaba listo y Bernadette fue la primera en abrir la canilla de la pileta de la cocina, de la que primero salió agua color marrón oscuro, que se fue aclarando en pocos minutos. Catalina y Ángela fueron a probar la canilla del baño. Era el fin de los días de la cadena de baldes desde el río. Decidieron hacer un pequeño festejo con Saida, Rachida, Badrú, Eugene y las damas benefactoras, en representación de las cuales fue Madèleine.

Esa tarde, el padre Benoît tuvo la deferencia de acompañarlas en el té y Catalina aprovechó para decirle:

—Padre, cuando usted lo disponga, calentamos agua en la cocina y le llenamos la bañadera, así se puede dar un buen baño.

—Qué amable sor María Inmaculada… no se preocupe que yo le aviso con tiempo —fue la irónica respuesta del irlandés.

El comentario pasó de largo porque Madèleine empezó a hablar de un aparato nuevo recién llegado a su casa, denominado "televisor" y lo maravilloso que le parecía la televisión. Para ella, los días de radio quedaron atrás. Catalina quedó muy interesada pero dio por sentado que pasarían años antes de que hubiera un aparato como ese en el hogar. Era evidente que para Madèleine, ser la esposa del jefe de policía tenía enormes ventajas en forma permanente, como en el caso de Beatrix y la mayoría de las Damas de la Caridad.

Tiempo después, Catalina sabría que el esposo de Madèleine no era precisamente el jefe de policía tradicional, sino que era el oficial belga de mayor rango dentro de la *Force Publique*, de la cual en las radios oficiales no se escuchaban mayores comentarios pero sí en algunas transmisiones de la *BBC* y en las de Mivek.

El inglés no era el punto fuerte de sor María Inmaculada pero sí era el de Ángela. Una noche, sor Clara decidió comentarle algunas cosas que había pescado en su idioma paterno y Catalina decidió confesarle sus escuchas secretas.

Ambas quedaron muy perturbadas por la información que intercambiaron.

La reciente preocupación de sor María por los avatares políticos del Congo Belga, fue desplazada por una carta familiar enviada por su hermana Blanca. Acababa de convertirse en madre de una niña, a la que llamó Catalina. Junto con la carta le mandó una foto del bautismo de su sobrina.

Esa noticia provocó una serie de sentimientos encontrados en sor María Inmaculada, que tardó varios días en procesar, por distintos motivos.

Otra vez la realidad la enfrentaba con cómo seguía la vida de su familia, a ocho mil kilómetros de distancia. Hasta ese instante no estuvo enterada de que

Blanca estaba embarazada. ¿Por qué no le contaban esas cosas en las cartas? Por supuesto que lloró de la emoción, pero también de bronca y de impotencia. ¿Nunca más lograría estar presente en los momentos importantes de las vidas de sus familiares?

Se dio cuenta de que con el paso de los años mucho de lo que dejó sería ahora distinto. De inmediato se le cruzó por la mente que de seguro a sus hermanos les habría cambiado el timbre de voz. ¿Cómo sonaría Humberto por aquellos días?

Pensar en esos detalles preciosos de la vida de los miembros de su familia perdidos por el tiempo y la distancia hizo que se sintiera harta de la falta de comunicación. La realidad era que no se comunicaba como debía ser con su familia desde su partida. Catalina sabía que en la casa de las damas había un teléfono. Sus padres no tenían en el campo, pero Blanca sí, porque se había mudado a Pergamino y su suegro era el dueño de la farmacia más importante de la ciudad, en donde además tenían un teléfono, cuya existencia y número le comunicaban en esa bendita carta.

Decidió que en el próximo té le pediría a Beatrix si la dejaba hacer un breve llamado a la Argentina. No creía que *madame* Lenoir le fuera a decir que no, pese a la incomodidad del favor.

Cuando llegó la ocasión, a sor María le costó buscar el momento para dirigirse a la dama. Optó por decirle la verdad sobre los hechos que la llevaban a hacerle ese pedido. Beatrix la escuchó, sonrió y le dijo:

—El teléfono está a su disposición cuantas veces sea necesario. Lamento no poder prometerle que al corto plazo habrá un aparato en el hogar, porque primero habría que lograr que llegaran los cables hasta Mumba. Doy por sentado que será discreta con la duración de la llamada que entiendo y me parece importante. Pero no sé si podrá hacer la comunicación hoy mismo, ya que se pide el llamado a la operadora internacional. En realidad, este tipo de comunicaciones suele ser bastante problemático. Pruebe y en función de lo que le diga la operadora, lo organizamos.

Catalina se aflojó pero al mismo tiempo se desilusionó ante los inconvenientes telefónicos, que desconocía.

La operadora le dijo que las conexiones con la Argentina eran muy malas y que en el mejor de los casos se pedían con un día de anticipación.

Como siempre, Beatrix le ofreció a sor María Inmaculada la solución: el día anterior al próximo té, ella pediría el llamado tratando de que coincidiera con el horario de la visita.

La ansiedad de sor María debería ser controlada un mes más.

XXV
EL ENCUENTRO

Una tarde, Catalina decidió caminar por la vera del río. Era algo que cada tanto hacía, sobre todo cuando estaba aburrida o quería estar sola, porque sí. El problema fue que –contra la voluntad de ambos– se encontró con el padre Benoît, que estaba sentado a la sombra de un árbol, apoyado contra el tronco. En su mano derecha tenía una botella de *whisky*, de la que quedaba menos de la mitad. Ninguno podía pretender que no había visto al otro. El cura la miró, expectante, como esperando que ella comenzara el sermón del caso. Sor María entendió la mirada culpable del irlandés y dijo:

—Buenas tardes padre. No era mi intención encontrarlo, pero supongo que alguna vez podía pasar…

—Buenas tardes sor María Inmaculada, no era mi intención ser encontrado, pero supongo que alguna vez iba a pasar y justo con usted, claro.

—Se dará cuenta de que no puedo obviar el detalle de la botella, que no es más que la confirmación de una vieja sospecha.

—Créame que no la subestimo sor María, pese a la diferencia de edad. Siempre tuve conciencia de su sospecha.

—Quizás sea una buena ocasión para que me comente algo acerca de su relación con la bebida, si quiere...

—En realidad no quiero, pero coincido en que es una buena ocasión. Le haré un muy breve resumen de mis circunstancias: en mi primera adolescencia descubrí que no me gustaban las mujeres. Mi padre se dio cuenta y me echó de mi casa. Mi madre no hizo nada al respecto. Tenía un amigo en el seminario y me dijo que si entraba, tendría casa y comida. Entré y me quedé. Me gustaba estar rodeado por hombres todo el tiempo. Tomé los hábitos, pero no por convicción religiosa. Me dediqué a la filosofía, a la política y a hacer negocios clandestinos durante la guerra, uno de los cuales se relacionaba con la bebida, que empecé a consumir. Ocupé importantes puestos en Bruselas, por capacidad, hasta que mi enemigo político, el padre Vincent, me descubrió como usted ahora y movió los hilos para mandarme al exilio, es decir, aquí. Estoy oficialmente castigado en el Congo Belga y créame que la admiro por soportar este lugar y su falta de todo.

Sor María Inmaculada se había sentado sobre una piedra, al lado del árbol. Escuchó muy interesada el relato de Benoît, el que le resultó relativamente conmovedor, con excepción de la última frase. Decidió redoblar la apuesta y contar su propia historia. A medida que avanzaba con su relato, el cura añadía seriedad a su expresión.

—Bueno sor María Inmaculada, debo confesar que su historia es más poderosa que la mía. Pero quiero aclararle que he visto varios leprosos en mi vida y usted no parece tener esa enfermedad en absoluto y sor Clara tampoco.

—Lo mismo sostiene el doctor Lemba. De todas maneras me queda claro que usted querría irse de aquí mañana mismo.

—Y sí, en este punto no tiene sentido que se lo niegue. El problema es que no tengo a dónde ir y mal que mal, aquí soy necesario.

—Es verdad, pero supongo que cuanto más tiempo pase aquí, más *whisky* tomará.

—Es posible, aunque no es que lo tenga planificado. Y ya que estamos hablando, le hago otra confesión: hay días en los que busco el momento –por la noche, sobre todo– para prender la radio. Muy interesante el radioaficionado que transmite desde Mumba. Por experiencia, le digo que el clima en este país se está caldeando con velocidad. A mi gusto se está gestando una revolución.

—¡Con razón notaba que las baterías de la radio duraban menos! Qué pícaro, padre. Tal vez sea más práctico que escuchemos juntos… y no es por menospreciar su experiencia, pero me parece que exagera con el clima político.

—No es que no quiera escuchar la radio con usted, pero creo que, en ambos casos, no son momentos en que deseemos compañía. En cuanto a la política, el tiempo y los sucesos dirán si exagero o no.

—Bueno, ni lo puedo obligar a escuchar la radio conmigo ni se lo puedo prohibir, por lo que vería con agrado que aporte alguna batería de repuesto. Yo tengo que volver al hogar. Sugiero que esta conversación quede entre nosotros.

—Le agradezco sor María Inmaculada, es muy generoso de su parte.

—Creo, padre, que ya es por cierto instinto de supervivencia y de practicidad más que por generosidad. Me parece que ha sido muy bueno que tengamos esta conversación, que ha sido muy ilustrativa para los dos.

Catalina emprendió la caminata de regreso, lentamente, mientras pensaba en que no era la única que se sentía exiliada en el Congo Belga y que quizás el doctor Vidal y el doctor Gutiérrez fueran los culpables, por un mal diagnóstico.

XXVI
EL LLAMADO

Era el día anterior al té de las damas y Catalina rezó porque Beatrix recordara el encargo de la comunicación telefónica. Esa noche no pudo dormir porque estuvo muy ocupada imaginando conversaciones con cada uno de sus hermanos y padres.

Llegó puntual a la cita mensual. *Madame* Lenoir le abrió personalmente la puerta y le dijo:

—Sor María, con un poco de suerte dentro de una hora sonará el teléfono y del otro lado estará su hermana.

Catalina estuvo tentada de abrazarla pero se contuvo. Esa hora duró una eternidad y el teléfono tardó en sonar casi treinta minutos más. Con las manos que le temblaban, levantó el tubo del aparato.

—Hola Cata, ¿me escuchás? Soy Blanca.

La hermana mayor se largó a llorar y le costó articular la respuesta.

—Blanquita… no puedo creer que te esté escuchando…

La hermana menor lloraba del otro lado del Atlántico.

—Cata, estamos todos acá en la farmacia. Ayer avisaron que llamabas. Vinieron los viejos y el Humberto, la Luisa y la Amelia. Todos te quieren escuchar.

—Y yo a ellos, qué suerte que pudieron ir para el llamado.

—Todos preguntan si vos sabés cuándo volvés, aunque sea de visita.

—Por mí iría mañana, pero no tengo idea de cuándo podré viajar. Ahora estoy a cargo del hogar y el horno no está para bollos.

—Qué macana, Cata… te paso con la Luisa que te quiere contar algo.

—Cata, soy Luisa, me caso a fin de año, ¿venís?

—¿Cómo que te casás? ¡Todavía sos muy chica! ¿Con quién?

—Cata, ya cumplí veinte y hace mucho que estoy de novia con el hermano menor del marido de Blanca.

—……..

—Cata, ¿me escuchaste?

—Sí Luisita, no caigo en que tenés veinte. No sabés lo que daría por verte de blanco.

—Te paso con mamá que me saca el teléfono de la mano.

—Catalina, soy mamá, ¿me escuchás?

—……….

—Hija no llores, acá ya estamos llorando todos, hasta el Humberto… tantos años sin escucharte, decime algo…

—Mamá, querría volver pero no puedo, Dios dirá cuándo será mi turno. Acá todo es muy difícil, distinto, lejos… aunque toda es buena gente que ayuda.

—Ya sé, Cata, pero tu obra allá es muy importante y acordate que acá todos rezamos por vos todos los días y te queremos y te extrañamos.

Catalina ya no podía seguir hablando. Lo único que quería era llorar.

—Mamá, me dicen que cuelgue. Esto es muy caro y de favor. Los llamo para Navidad. Besos a todos.

Sor María Inmaculada se quedó encerrada en la biblioteca un buen rato. Su pañuelo estaba empapado, ya no servía de nada. Volvió al salón como pudo, consciente de sus ojos hinchados. *Madame* Lenoir fue en su auxilio. Puso su mano derecha sobre el hombro de Catalina y la acompañó hasta la cabecera de la mesa, que estaba vacía para ella. La miró maternalmente, con comprensión, sin decir nada.

XXVII
RACCONTO

Sor María Inmaculada se quedó muy triste después del llamado familiar. Creyó que se pondría contenta al escucharlos, pero su reacción fue la opuesta. Trató de seguir la rutina lo mejor posible, incluyendo las sesiones de radio nocturnas. Se quedaba escuchando a Mivek, pero más por el jazz que por los comentarios políticos, que cada vez eran más extensos y preocupantes. Si uno prestaba la debida atención, era como seguir una novela con entregas por capítulos. Sin proponérselo, ya llevaba aprendidas unas cuantas lecciones sobre la historia de las últimas décadas de ese país.

Una noche en particular, y con un nuevo disco de John Coltrane como música de fondo, Mivek estuvo verborrágico durante una hora. Su voz sonaba más pesada que de costumbre y comenzó a hacer una suerte de *racconto*, como si creyera que del otro lado tenía oyentes nuevos, que no estaban en tema. Así fue como relató que los congoleños que lograron volver de los distintos frentes de la Segunda Guerra Mundial, transmitieron no sólo sus experiencias bélicas, sino también su percepción general de las sociedades que tuvieron la oportunidad de observar, y fueron escuchados en todas las regiones del país, por distintas etnias y en distintos dialectos, creando así una suerte de semilla de nacionalismo, en abierta oposición al colonialismo belga.

Esa noche, y por casualidad, Benoît se sumó a la escucha de Catalina, en silencio, porque ninguno se atrevía a "interrumpir" al radioaficionado.

Después de cambiar por un disco de Stan Getz, Mivek continuó su monólogo: para él había sido muy importante el manifiesto publicado en el periódico *Conscience Africaine*, por un grupo que luego formaría el M.N.C.[13], cuyo líder natural era Patrice Lumumba, un *evolué*[14]; aunque más radical había sido el

---

[13]Mouvement Nacional Congolais: Movimiento Nacional Congolés. Fue fundado técnicamente en 1956 y dirigido por Patrice Lumumba. Este partido apoyaba la idea de un único país independiente que cubriera la totalidad del territorio del Congo. En 1959, se produjo una división interna impulsada por Joseph Kalonji y otros líderes del MNC que apoyaban una postura política moderada. El grupo que se separó fue conocido como "Mouvement Congolais-Kalonji Nacional". La facción izquierdista liderada por Lumumba se denominó "Mouvement Congolais-Lumumba Nacional".

[14]En francés: evolucionado: término para denominar a los nativos que habían alcanzado cierto nivel social y de educación en el Congo Belga. Los "evolués" conformaron primeramente una burguesía, una suerte de clase media entre los *noirs* y los colonos. Eran empleados públicos o administrativos, maestros, enfermeras, etc, que usaban "cuello blanco" y hablaban francés. Tenían más derechos y accesos dentro de la colonia. La propia condición de "evolucionados" hizo que este grupo social pasara a formar parte de los movimientos nacionalistas que buscaban la independencia del Congo Belga.

manifiesto del grupo ABAKO[15], el cual demandaba la independencia inmediata, de la mano de Joseph Kasavubu.

Las escasas medidas concedidas por Balduino de Bélgica para apaciguar los reclamos nacionalistas, como el derecho a comprar tierras o el libre acceso a los establecimientos públicos o la creación de la Universidad Lovanium, en Lepoldville -en la que sólo habían sido admitidos once congoleños hasta ese momento- no sólo que no fueron suficientes, sino que provocaron una mayor ebullición, que desembocó en la forzada realización de las primeras elecciones municipales, ampliamente ganadas por el partido ABAKO.

La transmisión se perdía, por falta de baterías. Catalina y Benoît se alegraron porque el relato histórico de esa noche les resultó un tanto abrumador.

---

[15]Association des originaires du Bas-Congo: Asociación de originarios del Bajo Congo o Alianza de los Bakongo. Fue una asociación étnica fundada para fomentar los intereses y la lengua de los Bakongo (o Kongo), que encabezó las demandas de independencia más tenaces y proponía un estado federal.

XXVIII
PETER PAN

Navidad se acercaba una vez más y Madèleine hizo una visita sorpresa al hogar unos días antes.

—Sor María, he venido especialmente para hacerles una invitación a los niños que creo que les va a encantar. En el Cinema Central, la tarde del veintitrés, proyectarán una película de dibujos animados que fue hecha por los Estudios Disney de los Estados Unidos, que se llama *Peter Pan*. Están todos invitados a la función.

Catalina se emocionó ante la propuesta y el recuerdo de la única película que había visto en su vida, que fue *El día que me quieras*, con Carlos Gardel, en un improvisado cine de fin de semana en la Biblioteca Popular de Pergamino.

El día llegó y todos partieron en un camión de la gobernación. Los chicos morían de curiosidad porque no entendían el concepto de lo que verían.

Fue una tarde inolvidable y el mejor regalo de Navidad posible. El cine era magia, no existía otra forma de definirlo, desde los ojos de la primera experiencia. Las hermanas se emocionaron a la par de los chicos. Madèleine se sentó al lado de Wamba, con quien tenía establecido un vínculo personal.

Después de la función, y de sorpresa, también fueron invitados a tomar un helado, mientras Catalina corría a la Casa de las Damas para ver si se lograba la comunicación que le había prometido a su madre para esa fecha. Beatrix coordinó el operativo como lo hizo la vez anterior y Catalina logró conversar con casi toda la familia, con menos lágrimas que en el primer llamado.

El primer té de las damas del año siguiente aportó una pésima noticia de la cual todas se enteraron al mismo tiempo, con excepción de Madèleine.

Madame Lenoir las recibió como siempre, pero su expresión distaba de la amabilidad y corrección habituales en ella.

—Señoras, sor María, lamentablemente debo anunciarles que este es el último té que presido. El gobernador ha recibido órdenes de dejar su puesto aquí y regresar a Bruselas, a la brevedad. Ha sido designado un nuevo gobernador, cuyo nombre es Henri Cornelis. El señor es viudo, por lo que sería de mi agrado designar a Madèleine para continuar con la obra de esta distinguida asociación.

Todas quedaron en silencio, mirando sus tazas de té en espera de la respuesta correcta, al mejor estilo *madame* Lenoir.

Para sorpresa de las demás, Catalina dijo:

—*Madame* Lenoir, cuánto lo lamento. ¿Cuándo partirán?

Beatrix le sonrió, como si estuviese agradecida por su intervención, y le contestó:

—Sor María Inmaculada, nuestra partida está prevista para fin de mes. Créame que yo también lo lamento.

Otra dama –cuyo nombre Catalina no recordaba en ese instante– tomó la iniciativa:

—*Madame* Lenoir, si Madèleine está dispuesta a presidir la asociación, creo que hablo por todas si digo que cuenta con nuestro apoyo.

Las demás asintieron y se notó cómo Beatrix se distendía. Madèleine se sintió obligada a decir unas palabras, que de inmediato pronunció con solvencia.

Sor María Inmaculada y Beatrix supieron que esa tarde era la última vez que se verían, por lo que ambas se animaron a un abrazo de despedida.

Esa noche, mientras Catalina les comunicaba la partida de *madame* Lenoir a las hermanas, durante la tertulia nocturna habitual, escucharon que *Radio Brazzaville* interrumpía su programación musical para transmitir el discurso del General Charles de Gaulle, presente en esa ciudad. El mandatario fue breve y conciso: proponía a las colonias africanas francesas que votaran un referéndum a favor de la creación de una "Comunidad del África francesa", de similares características a las del *Commonwealth* del Imperio Británico.

Las hermanas no hicieron mayores comentarios al respecto. Se mostraron más preocupadas por la partida de su benefactora; no así Catalina, que ya podía interpretar el contexto histórico en el que estaban inmersas.

La semana siguiente, Eugene hizo una de sus visitas de rutina. Después de comprobar que nadie estaba enfermo, tomó un té con sor María Inmaculada en la biblioteca, durante el cual expuso su parecer sobre la situación política imperante en esos días, al mejor estilo de su amigo Mivek, pero sin música de fondo.

Según el doctor, la situación de las colonias francesas se había modificado sustancialmente en los últimos años, con la independencia de Marruecos, Túnez, Guinea y la guerra de Argelia, que parecía no tener fin. Pese a los intentos desesperados de la V República y del Imperio Británico, los africanos estaban decididos a independizarse, y los congoleños no eran una excepción.

Catalina trataba de mostrarse interesada ante el relato del médico, que a continuación le hizo una infidencia.

—Sor María Inmaculada, a esta altura de los acontecimientos, quizás resulte conveniente que sepa que Mivek es un estrecho colaborador de Lumumba, quien viajó a la "Exposición Universal de Bruselas" y regresó muy enojado por la imagen de los congoleños que ha visto allí. En Katanga ya hay enfrentamientos callejeros violentos con la *Force Publique* y este tipo de agitación se está viendo por todo el país.

—Eugene, ¿debo preocuparme por la seguridad del hogar? ¿Le parece que corremos peligro?

—Yo diría que no porque Mivek se ha asegurado de que no las molesten y que los niños no corran ningún riesgo, pero es posible que a cambio haya que "cuidarlo" a él alguna noche…

—Prefiero que por ahora no me aclare esta nueva acepción del verbo "cuidar", porque entiendo que llegado el caso no tendremos opción.

Eugene sonrió y sin añadir una palabra más se marchó.

En las siguientes semanas, los acontecimientos parecían precipitarse, a tal punto que el padre Benoît se animó a comentarle a Catalina:

—Sor María, lejos de mí vanagloriarme con las últimas noticias, pero creo que no estaba errado en mi pronóstico político.

—No padre, estaba muy en lo cierto, aunque el doctor Lemba me ha expresado que no debemos preocuparnos por nuestra seguridad o la de los niños.

—Me he tomado el atrevimiento de hablar con el doctor, quien me puso al corriente. Pero para que se dé una idea, el que está preocupado es Badrú, que cada tanto me trae un ejemplar del periódico. Hace unos días me trajo uno que en la tapa hablaba de los despidos en las mineras por la menor cantidad de exportación de cobre, como principal motivo. El poder económico está dejando el Congo por otros destinos más rentables en América y eso ha agravado el malestar en todo el país. Lumumba acaba de regresar de la I Conferencia de los Pueblos Africanos[16], de la que participaron casi

---

[16]En la ciudad de Accra, capital de Ghana, se reunió la I Conferencia de los Pueblos Africanos, la primera que congregó a casi todos los países del continente. Doscientos cincuenta delegados y varios centenares de observadores, prepararon la estrategia de lo que llamaron "revolución africana pacífica", con objetivos recogidos en consignas como: "Tierra para los africanos"; "Derechos de voto idénticos para todos, sin distinción de raza, tribu, color o religión" y "Aplicación de la *Declaración Universal de los Derechos del Hombre*" en África. Se examinaron proyectos de reagrupamiento de los Estados, con propuestas de ajustes de las fronteras artificiales, fusión o federación sobre bases regionales y federación o confederación progresivas.

trescientos líderes políticos en representación de veintiocho países, en la que planearon las estrategias para una revolución africana pacífica.

—Padre, a pesar de las palabras de Eugene, no crea que no tengo conciencia de la situación general y ruego al Señor que nos cuide para que podamos velar por los niños. Este lugar está casi escondido, no es fácil llegar aquí si uno no conoce la zona o es guiado desde Mumba, ¿no le parece? Además, creo que todos simpatizamos con Lumumba y la idea de que la revolución sea pacífica, aunque sería la primera en la historia del mundo.

—Sí, hermana, me parece, pero también me parece que son épocas en las que hay movimientos raros en lugares raros.

—Bueno padre, pero carecemos de medios como para irnos de aquí y no creo que si pudiéramos trasladarnos a la ciudad, estaríamos más seguros, por el contrario. Es momento de rezar más de lo habitual y confiar en Dios. De todas maneras, debo verla a Madèleine en nuestra cita mensual. Supongo que ella podrá indicarme qué hacer ante una revuelta.

—Muy bien hermana, como usted disponga.

Catalina quedó fastidiada con esa conversación porque sintió que Benoît estaba preocupado por su seguridad personal y que sobre el final fue condescendiente.

XXIX
LOS REYES MAGOS

Quedaban unos pocos días de aquel año que presagiaban que el año siguiente estaría marcado por acontecimientos decisivos. El mismo día, sor María recibió una nota de Madèleine, convocándola a una reunión en la casa de las Damas de la Caridad, fuera de la agenda habitual; y una carta de Adèle, a quien hacía tiempo que ni siquiera tenía presente. Las líneas de la parisina eran breves y tajantes: su nueva condición económica y su salud, la habían persuadido de que lo mejor para ella era pasar sus últimos años en la campiña francesa, lejos de los hábitos, los niños y el Congo Belga. Catalina no se sorprendió por aquel anuncio, que ya lo daba por sentado.

En realidad, la única novedad que aportaba aquella carta era que Adèle se había tomado la molestia de sugerir a los superiores que nombraran a sor María Inmaculada a cargo del hogar, en forma permanente y definitiva. Catalina dudó acerca de si debía tomar aquello como un halago, como un ascenso o como la confirmación de que no tenía ningún sentido fantasear con un viaje a la Argentina.

La nota de Madèleine resultó engañosa, porque la única invitada a esa reunión era Catalina.

—Sor María, le he pedido que venga para tener una conversación privada y le pido que todo lo que hablemos a continuación quede entre nosotras. Creo que usted está informada de la situación política en este país, en líneas generales. También sabe que mi esposo es una de las máximas autoridades de la *Force Publique*, por lo que yo tengo acceso a otro nivel de información. El gobernador está haciendo esfuerzos para que Bruselas entre en razones y establezca negociaciones con el MNC y el ABAKO, sin mayor éxito. Se da por descontado que en los próximos meses habrá intentos concretos por declarar la independencia. Si eso sucede, es muy probable que las damas debamos retornar a Bélgica, por lo que creo que este es el momento para decirle que mi marido y yo hemos decidido adoptar a Wamba, ya que no podemos tener hijos propios.

Catalina se sorprendió, pero sólo respecto a la adopción de Wamba. Todos veían que la dama tenía especial afecto por el niño, pero nunca se imaginó que querría adoptarlo.

—Madèleine, no sé qué decirle, estoy muy sorprendida y la verdad es que desconozco cómo sería el procedimiento…

—No se preocupe. Mi esposo ya ha delegado en los abogados de la gobernación la parte legal. Entiendo que usted tendría que firmar una serie de papeles, pero nada más. La última vez que vi a Wamba, le pregunté si le gustaría vivir con nosotros, en la ciudad y se mostró muy entusiasmado.

—Si Madèleine, puedo imaginarme la reacción de Wamba. Todos lo vamos a extrañar mucho. Creo que es muy afortunado por haber sido elegido por usted.

—Bien, sor María Inmaculada, le agradezco mucho su colaboración. Iré a buscarla con el auto cuando estén listos los papeles. El otro tema que le quiero mencionar es que mi esposo ha dado órdenes de que el hogar sea custodiado por sus hombres en caso de ser necesario.

Catalina se ahogó con el té que estaba tomando porque lo que acababa de decir Madèleine tenía toda la lógica del mundo, en cuanto al tema de Wamba, pero representaba todo un problema con respecto a Mivek.

—Ahora soy yo quien debe agradecerle por la protección y la seguridad que nos garantiza su marido.

—Se podrá imaginar que la reunión de las damas queda supeditada a lo que pueda suceder en los próximos días.

—Sí, entiendo Madèleine. Le diré a Bernadette que –por las dudas– no prepare mucho dulce de leche.

Ambas sonrieron y dieron por terminada la reunión.

Sor María Inmaculada sintió un peso enorme. Wamba tenía el futuro asegurado pero el resto de las circunstancias indicaban que sería casi imposible quedar bien con Dios y con el diablo.

Los incidentes no se hicieron esperar y llegaron antes que los Reyes Magos de ese año.

Ninguna radio perdía tiempo con Elvis Presley, porque a su regreso de Accra, Lumumba había pronunciado un fuerte discurso en la plaza de Leopoldville, exigiendo la independencia. Unos días después, un grupo de militantes de ABAKO intentó reunirse para manifestarse en la misma plaza y fue violentamente dispersado por la *Force Publique*.

Esa noche Catalina trató de sintonizar a Mivek sin éxito y su preocupación fue justificada por Eugene al día siguiente.

—Sor María, he venido especialmente a pedirle por la seguridad de Mivek. Doy por sentado que está al tanto del episodio de los manifestantes de ABAKO en la plaza de Leopoldville. Usted sabe que Mivek milita con Lumumba en el MNC, pero podría decirse que la *Force Publique* ha iniciado una caza de revolucionarios, de cualquier partido. No le voy a decir dónde pasó la noche nuestro amigo, pero ha llegado el momento de cuidarlo. Se me ocurre que en el pequeño galpón que se encuentra detrás de la granja, sería posible sin un compromiso directo.

Catalina se vio obligada a relatarle al médico su entrevista con Madèleine.

—Eugene, me imagino que si se presenta la guardia, revisarán todas nuestras instalaciones.

El galeno se puso pálido.

—Supongo lo mismo y no se me ocurre peor contratiempo para Mivek, pero creo que vale la pena correr el riesgo. Ese galpón no tiene puerta, por lo que usted no puede controlar si alguien entra en la mitad de la noche… y si tenemos la mala suerte de que lo encuentren, su amiga Madèleine va a creer su versión y abogará por ustedes frente a su marido.

—Creo que usted se da cuenta de lo que me está pidiendo…

—Sí, sor María me doy cuenta y no se lo pediría si las circunstancias históricas no lo exigieran. La idea es que Bruselas llamará a elecciones y créame que ganará Lumumba. Si eso sucede, sus damas amigas volverán a Bélgica en menos de lo que canta un gallo y un aliado y protector les resultará indispensable.

—Eugene, no es necesario que me extorsione. Ya entendí. Esta conversación no existió y nunca vi ni veré a Mivek. Que Dios nos ayude.

El galeno partió satisfecho y Catalina fue en busca de algo que calmara su dolor de cabeza, mientras pensaba que sólo ella cargaría con el peso de su involuntaria decisión.

XXX
EL ESCONDIDO

Aquella noche sor María Inmaculada no pudo pegar un ojo pensando si Mivek estaría en el galpón. Después de cenar y de comprobar que no se lo sintonizaba en la radio, fue a escondidas hasta el cobertizo y dejó en un rincón una botella con agua y un poco de pan con queso. Como no escuchó noticias de los guardias de la gobernación, le pareció que, al menos por esa noche, podía ser amable sin correr riesgo.

A la mañana siguiente, estaba en la biblioteca y Ángela fue a anunciarle la llegada de la *Force Publique*. Se trataba de dos guardias jóvenes, que se presentaron y se pusieron a las órdenes de sor María Inmaculada, quien les pidió que se quedaran en la puerta de la iglesia y en la puerta de la entrada al hogar, respectivamente. Ambos obedecieron y le informaron que serían reemplazados por otros compañeros al atardecer.

Catalina no se animó a ir hasta el galpón para comprobar si Mivek había pasado la noche ahí. Tampoco se animó a decirle a ninguna de las hermanas que no entraran, aunque nadie iba a ese galpón que no se usaba para nada.

La radio informaba que continuaban los disturbios en Leopoldville. El día fue eterno y el cambio de guardia se produjo a las siete de la tarde, con un agravante: no eran ni tan jóvenes ni tan obedientes. Uno de ellos parecía tener cierto cargo porque su uniforme era distinto y le anunció a sor María que primero revisarían todo el lugar. Catalina sintió que le bajaba la presión y mentalmente empezó a rezar el *Ave María*. Les dijo que estaría en la biblioteca para cualquier cosa que necesitaran. Llegó la hora de la cena y comprobó que los guardias conversaban en la puerta de la iglesia.

A medianoche le pareció escuchar ruidos en la parte de atrás del hogar. Se asomó por la ventana pero no vio nada. Volvió a la cama aunque igual no pudo conciliar el sueño.

A la mañana siguiente, los guardias le informaron que durante la ronda nocturna, notaron cierto movimiento en la arboleda que estaba detrás del galpón, pero que no pudieron comprobar nada y supusieron que se trató de algún animal. En ese momento llegó el reemplazo, que por suerte eran los jóvenes obedientes del día anterior.

Catalina estaba agotada. Llevaba dos noches sin dormir. Decidió sentirse mal de repente como excusa para mandar a buscar a Eugene.

El galeno fue poco menos que corriendo y al llegar a la puerta del hogar, los guardias lo interceptaron, causando que sor María Inmaculada saliera a buscarlo para que lo dejaran pasar.

—Hermana, cuénteme acerca de su malestar.

—Doctor Lemba, pase a la biblioteca, por favor.

Con la puerta de la habitación cerrada por dentro y casi en susurros, Catalina le dijo a Eugene:

—Es probable que él haya estado pero no estoy segura… vienen dos guardias a la mañana temprano y otros dos al atardecer…

—Estuvo y se tuvo que ir pero no se preocupe más porque los disturbios en Leopoldville han cesado. Se esperan anuncios del rey Balduino para la próxima semana. Él ha sido llamado por su jefe y se dirige hacia allí. Queda liberada. Le agradece el agua y el pan con queso. Y me alegro de que su malestar haya sido pasajero.

Los guardias nocturnos le informaron a sor María Inmaculada que aquella era la última guardia, ya que -gracias a los esfuerzos de la gobernación- se aguardaba una alocución del rey y la paz había sido restablecida en la capital.

Catalina logró por fin quedarse dormida aunque extrañaba escucharlo a Mivek por la radio.

Balduino se dirigió al Congo Belga por radio y su mensaje incluyó la palabra "independencia", aunque sin plazo. Nadie quedó conforme: los congoleños por la dilación en el tiempo y los colonos blancos porque se quedaban sin colonia, aunque ninguno sabía cuándo. Al rato *Radio Leopoldville* comunicaba que decenas de manifestantes habían sido encarcelados por sedición.

Sor María Inmaculada decidió que consideraba haber hecho su buena acción del año con Mivek y que era necesario para su salud mental, y la de todos los integrantes del hogar, que dejara de militar por una causa que le era totalmente ajena.

Para ayudarla a volver a su rutina diaria, recibió una pomposa carta de sus superiores, mediante la cual la nombraban a cargo del Hogar San Francisco, en clara obediencia a la sugerencia de Adèle, hecho que les fue debidamente comunicado a las hermanas, quienes recibieron la noticia con franco júbilo, que distaba de ser la reacción natural de Catalina al respecto.

Por esos días apareció Madèleine, en su auto oficial y con guardia personal, sin previo aviso.

—Sor María Inmaculada, no he podido venir antes aunque mis fuentes me confirmaron que fueron bien custodiadas y que todo estaba en orden por aquí. He traído todos los papeles que debe firmar para la adopción formal de Wamba y querría hablar con él personalmente.

—Madèleine, yo no he hablado con el niño para no generarle ansiedad con la noticia, ya que no podía precisarle cuándo vendría a buscarlo.

—Le estoy muy agradecida hermana. Para mí era muy importante poder comunicárselo yo misma.

Madèleine y Wamba dieron un largo paseo por el río, mientras Catalina se sentaba en la biblioteca con los papeles del caso.

Con el niño tomado de la mano, la dama belga le dijo:

—Hermana, si usted está de acuerdo, podríamos ayudarlo a empacar a Wamba para que vuelva conmigo a Leopoldville.

Catalina dudó, pero miró los ojos del niño y supo qué decir a continuación:

—Con gusto todos ayudaremos a Wamba a guardar sus cosas. Si no está muy apurada, le diré a sor Clara que reúna a todos en el comedor y a Bernadette para que adelante la hora de la merienda, de modo que podamos compartirla a manera de despedida.

—Gracias sor María, no esperaba menos.

Todos se mostraron muy sorprendidos por la partida de Wamba, aunque la propia alegría del niño hizo que su despedida fuera un festejo. Para su corta edad parecía tener mucha conciencia de su suerte, además que el cariño con Madèleine era genuino por parte de ambos.

Por mucho que Catalina intentara mantenerse alejada de los acontecimientos políticos, la combinación de la radio, Eugene, Benoît y Badrú, se lo impedían casi a diario. En el caso de los personajes locales, era bastante comprensible porque se trataba de la independencia de su tierra natal. En el caso del cura, parecía que se trataba de su condición masculina, más el aburrimiento habitual y la preocupación por su bienestar personal.

Ella estaba segura de que el irlandés había optado por hacerse el distraído con el episodio de Mivek. Las pocas preguntas que hizo por aquellos días fueron suficiente indicio.

¿Por qué los hombres pretendían que una se interesara y se comprometiera tanto como ellos con la política? ¿No estaba a la vista que ocuparse de quince niños, una casa y una iglesia llevaba todo el día? Bastante interés y compromiso había demostrado, sobre todo en el último tiempo, aunque sospechaba que los acontecimientos nacionales futuros exigirían toda su atención.

Bélgica había anunciado la conformación de un gobierno congoleño para fines del año siguiente y la independencia total para cuatro años más tarde. En respuesta, Lumumba proclamó: "el divorcio inmediato y definitivo entre Bélgica y el Congo". En pleno otoño sucedieron los incidentes en la ciudad de Stanleyville, a raíz de los cuales el líder del MNC fue arrestado y encarcelado.

Madèleine suspendió hasta nuevo aviso las reuniones mensuales de las damas, a pesar de lo cual sor María Inmaculada fue invitada a tomar el té en la casa particular de los nuevos padres de Wamba.

—Hermana, la he invitado aquí para que pueda ver cómo está Wamba y para decirle que hoy será nuestra despedida formal. Mi marido ha decidido que, dado el clima político imperante, yo viaje con Wamba de regreso a Bruselas, a nuestra casa.

—Me parece una medida muy acertada en estos momentos y Wamba estará encantado de conocer su nuevo hogar. Ha sido un placer conocerla, sé que la vamos a extrañar.

—Igualmente y prometo escribirle para tenerla al tanto del crecimiento de Wamba. Le enviaré fotos con las cartas.

El té fue muy agradable y la despedida cariñosa. Aun así, Catalina salió de aquella casa con el ánimo por el piso, porque sintió que perdía a una amiga, además de benefactora, y que era el fin de su escasa vida social, sin olvidar los dividendos del dulce de leche y los ocasionales llamados telefónicos a la Argentina.

XXXI
INDEPENDENCIA

Por obra y gracia de Madèleine y las Damas de la Caridad del Congo Belga, llegó un camión militar al hogar, repleto de donaciones de despedida. Era obvio que las damas estaban deshaciendo por entero sus casas en Leopoldville, porque enviaron desde candelabros hasta cacerolas, pasando por ropa que ellas y sus hijos usaban todos los días y que no usarían para nada en Bélgica. Lo más importante fue que mandaron una caja llena de baterías para la radio. Todo fue bienvenido, mas sin alegría, porque la causa de tanta dádiva era triste.

Catalina tuvo hasta entonces la esperanza de que antes de su partida, Madèleine nombrara una sucesora o le hiciera saber que, en caso de urgencia, podían acudir de forma directa a su marido o a otro funcionario. El camión con las donaciones era la confirmación de que tal cosa no sucedería.

Una vez más se acercaba el fin de año y ante el fracaso de una ronda de negociaciones bilaterales que fueron realizadas en Bruselas, el rey Balduino había anunciado una visita oficial que realizó antes de las fiestas y con la cual logró apaciguar por el momento los ánimos.

Para cuando Catalina cumplió años, había comenzado una "mesa redonda" entre congoleños y belgas en Leopoldville, con la presencia de Patrice Lumumba, quien fue liberado de prisión con ese propósito. Diez días después, y como resultado de aquella negociación, *Radio Leopoldville* anunciaba la independencia del Congo Belga para el treinta de junio de ese año.[17]

Sin la presencia de las damas benefactoras ni noticias de Mivek, sor María Inmaculada comenzaba a estar muy preocupada por la seguridad y el futuro del hogar. Benoît compartía su preocupación, aunque siempre desde su perspectiva personal. Los dos seguían atentamente los acontecimientos por la radio, más algún periódico que les alcanzaba Badrú.

A principios de junio dieron a conocer los resultados de las elecciones para la Cámara de Representantes y los escaños conseguidos por el MNC, fueron considerados un triunfo personal de Lumumba, quien contó con el apoyo de las clases trabajadoras.

---

[17]La conferencia terminó el 1° de febrero de 1960, con diversos acuerdos: el Congo pasaría a ser estado independiente el 30 de junio; se determinaron las modalidades de formación del primer gobierno; de los poderes del jefe de estado; sobre la constitución del parlamento; de la división de autoridad entre las provincias y el gobierno central sobre las instituciones provinciales; el sistema electoral; las relaciones entre Bélgica y su colonia (se preveía un tratado general de amistad, asistencia y cooperación), etc. También se acordó que hasta que el Congo fuese independiente, el gobernador general estaría asistido por seis congoleños y cada gobernador provincial tendría a su lado a tres congoleños.

Eran días cruciales en la vida del Congo. Benoît y Catalina continuaban con el ritual nocturno de buscar a Mivek en la radio, sin éxito. Tampoco tenían noticias de Eugene, pero sor María Inmaculada no quería inventar ningún nuevo malestar como excusa para ir a buscarlo.

El veintitrés de junio -y como consecuencia de una ardua negociación entre los dos primeros bloques parlamentarios- Joseph Kasavubu fue designado como presidente y Patrice Lumumba fue investido primer ministro. La radio anunció que se realizaría una ceremonia formal una semana después.

Era el treinta de junio y sor María, Benoît y algunas de las hermanas se sentaron frente a la radio para escuchar la transmisión de la proclamación de la independencia del Congo Belga, con sendos discursos a cargo del rey Balduino y de Kasavubu. Cuando se suponía que se daban por culminados el acto y la transmisión radial, se produjo una situación confusa y ruidosa. El locutor belga logró decir que, en forma totalmente imprevista, Lumumba estaba subiendo a la tribuna y se disponía a usar el micrófono para hablar.

La voz del primer ministro era serena pero firme, al igual que el contenido de su discurso, al final del cual fue casi imposible no emocionarse, más allá de las simpatías y las nacionalidades.[18]

---

[18]"Congolesas y congoleses, combatientes de la independencia hoy victoriosos, os saludo en nombre del gobierno congolés. A todos vosotros, amigos míos, que habéis luchado sin descanso a nuestro lado, os pido hacer de este 30 de junio de 1960 una fecha ilustre que conservaréis indeleblemente gravada en vuestros corazones, una fecha cuya significación enseñaréis con orgullo a vuestros hijos, para que ellos hagan conocer a sus hijos y nietos la

historia gloriosa de nuestra lucha por la libertad. Porque esta independencia del Congo, si bien es proclamada hoy por el acuerdo con Bélgica -país amigo con quien tratamos de igual a igual- ningún congolés digno de ese nombre no podrá jamás olvidar que es a través de la lucha cómo ha sido conquistada. Una lucha de todos los días, una lucha ardiente e idealista, una lucha en la cual no hemos ahorrado ni nuestras fuerzas, ni nuestras privaciones, ni nuestros sufrimientos, ni nuestra sangre. Una lucha que fue de lágrimas, de fuego y de sangre. Estamos orgullosos hasta lo más profundo de nuestro ser, porque fue una lucha noble y justa, una lucha indispensable para poner fin a la humillante esclavitud que se nos había impuesto por la fuerza y que fue nuestra suerte en 80 años de régimen colonialista. Nuestras heridas están demasiado frescas y son demasiado dolorosas todavía para poder expulsarlas de nuestra memoria. Hemos conocido el trabajo agotador exigido a cambio de salarios que no nos permitían ni comer para paliar el hambre, ni vestirnos ni vivir decentemente, ni criar a nuestros hijos como seres queridos. Hemos conocido las ironías, los insultos, los golpes que debíamos sufrir mañana, tarde y noche…porque éramos negros. ¿Quién olvidará que a un negro se le decía "tú", no desde luego como a un amigo, sino porque el "Vous" honorable estaba reservado sólo a los blancos. Hemos conocido nuestras tierras expoliadas en nombre de textos pretendidamente legales que no hacían más que reconocer el derecho del más fuerte. Hemos conocido que la ley no era siempre la misma, según se tratara de un blanco o de un negro; complaciente para unos, cruel e inhumana para los otros. Hemos conocido los sufrimientos atroces de los relegados por opiniones políticas o creencias religiosas: exiliados en su propia patria, su suerte era realmente peor que la misma muerte. Hemos conocido que había en las ciudades casas magníficas para los blancos y chozas ruinosas para los negros; que un negro no era admitido ni en los cines, ni en los restaurantes, ni en las tiendas dichas "europeas"; que un negro viajaba dentro del casco mismo de los barcos, bajo los pies del acomodado blanco en su cabina de lujo. ¿Quién olvidará, finalmente, los fusilamientos donde perecieron tantos de nuestros hermanos? o los calabozos donde fueron brutalmente arrojados aquellos que no querían someterse al régimen de una justicia de opresión y explotación. Todo esto, hermanos, nos ha hecho sufrir profundamente. Sin embargo, nosotros, que por el voto de vuestros representantes electos debemos guiar a nuestro amado país. Nosotros, que sufrimos en nuestra carne y en nuestro corazón la opresión colonialista, os decimos: todo esto ha terminado desde hoy. La República del Congo ha sido proclamada y nuestro amado país está ahora en manos de sus propios hijos. Juntos, mis hermanos, mis hermanas, vamos a comenzar una nueva lucha, una lucha sublime que llevará a nuestro país a la paz, a la prosperidad y a la grandeza. Vamos a establecer juntos la justicia social y asegurar que cada uno reciba la justa remuneración por su trabajo. Vamos a mostrar al mundo aquello que puede hacer el hombre negro cuando trabaja en libertad, y vamos a hacer del Congo el centro de proyección de toda África. Vamos a velar para que las tierras de nuestra patria sean aprovechadas verdaderamente por sus hijos. Vamos a revisar todas las leyes de antaño y hacer nuevas que serán justas y nobles. Terminaremos con la supresión del libre pensamiento y haremos que todos los ciudadanos puedan disfrutar totalmente de las libertades fundamentales establecidas en la Declaración de los Derechos del Hombre. Suprimiremos la discriminación -cualquiera que sea- y otorgaremos a cada individuo el justo lugar al que le da derecho su dignidad humana, su trabajo y su devoción hacia su país. Y para todo esto, queridos compatriotas, estad seguros de que podremos contar no solamente con nuestras enormes fuerzas y nuestras inmensas riquezas, sino también con la asistencia de numerosos países extranjeros de los que aceptaremos la colaboración cada vez que ella sea leal y que no busque imponernos una política, sea cual sea. En este terreno, incluso Bélgica, que comprendiendo finalmente el sentido y dirección de la historia cesó de oponerse a nuestra independencia, está dispuesta a brindarnos su ayuda y amistad; hemos firmado, a este efecto, un tratado como dos países iguales e independientes. Estoy seguro de que esta cooperación será provechosa para ambos países. Por nuestra parte, y aun cuando sigamos vigilando, sabremos cómo respetar los compromisos contraídos libremente. Así, el nuevo Congo que mi gobierno creará será un país rico, libre y próspero. Pero para llegar pronto a este objetivo os pediré,

Sor María Inmaculada y el cura coincidieron en que si bien la independencia ya era un hecho, el valiente discurso que acababan de escuchar traería también consecuencias.

Como era previsible, Badrú, Saida y Rachida estaban exultantes, lo que no se condecía con el rezo

---

legisladores y ciudadanos congoleses, que me ayudéis con todas vuestras posibilidades. Os pido a todos que olvidéis las querellas tribales que nos agotan y que arriesgan en convertirnos en objeto de desprecio en el extranjero. Pido a la minoría parlamentaria que ayude a mi gobierno mediante una oposición constructiva, y que permanezca dentro de los límites estrictos de la legalidad y la democracia. Os pido a todos que no exijáis de un día para otro, aumentos desconsiderados de salarios, antes de que pueda poner en marcha un plan general mediante el cual espero asegurar la prosperidad de la nación. Os pido a todos que no reculéis ante cualquier sacrificio para asegurar el éxito de nuestra grandiosa empresa. Os pido, al fin, que respetéis incondicionalmente la vida y la propiedad de vuestros conciudadanos, y la de los extranjeros establecidos en nuestro país. Si el comportamiento de estos extranjeros dejara a veces algo que desear, nuestra justicia se apresurará a echarlos del territorio de la República; si, por el contrario, su conducta es satisfactoria, no se los molestará porque también trabajan para la prosperidad de nuestro país. Y esto, mis hermanos de raza, mis hermanos en el conflicto, mis compatriotas, es lo que yo quería deciros en nombre del gobierno, en este magnífico día de nuestra independencia soberana y completa. La independencia del Congo marca un paso decisivo hacia la liberación de todo el continente africano. Nuestro gobierno -fuerte, nacional y popular- será la salvación de éste país. Invito a todos los ciudadanos congoleses, hombre, mujeres y niños, a ponerse decididamente al trabajo, en vista de crear una economía nacional prospera que consagrará nuestra independencia económica. ¡Honra a los combatientes de la libertad nacional! ¡Viva la independencia y la unidad africana! ¡Viva el Congo independiente y soberano!" Patrice Lumumba, 30 de junio de 1960.

del rosario franciscano que practicaban las hermanas a toda hora.

Por esos días reapareció el doctor Lemba.

—Sor María Inmaculada, no pude venir antes, se imaginará por qué. Además de hacer la evaluación de rutina, quería verla para decirle que la independencia no ha traído la paz, precisamente. Mivek logró escapar en más de una oportunidad y está sentado a la derecha de Lumumba, que cuenta con pocos amigos en estos momentos. Su gobierno no tiene recursos y Bélgica no piensa resignar a sus intereses económicos, por lo que con la colaboración del gobierno norteamericano están "fomentando" la secesión de Katanga, por ejemplo. Con la excusa de proteger a la población belga, Balduino ha enviado tropas a esa zona. La *Force Publique* se ha amotinado y Lumumba ha pedido la intervención de la O.N.U...[19]

—Eugene, algo de lo que me cuenta se escucha en las radios, pero yo tengo un problema más concreto y es la partida de Madèleine y el resto de las damas. Por otra parte, hacía coincidir la ida mensual al banco para retirar el giro de Bruselas con el té mensual. Estamos

---

[19]O.N.U: Organización de las Naciones Unidas (ONU) o Naciones Unidas (NN.UU.). Es la mayor organización internacional existente. Se define como una asociación de gobierno global que facilita la cooperación en asuntos como el derecho internacional, la paz y la seguridad internacional, el desarrollo económico y social, los asuntos humanitarios y los derechos humanos. En 1948 proclamaron la "Declaración Universal de los Derechos Humanos", uno de los logros más destacados de la ONU.

sin dinero por lo que le pedí a Badrú que mañana me venga a buscar y me lleve a Leopoldville.

—Entiendo perfectamente hermana. De todas maneras, mientras Mivek conserve su cargo, no serán molestadas.

La visita de sor María Inmaculada al banco fue breve y muy negativa: no encontró ningún giro para retirar. Se sentó en una banca de la plaza principal, a lamentarse y a cometer el pecado de maldecir, en todos los idiomas que conocía. ¿Qué tenían que ver los niños y las hermanas con la independencia del Congo? ¿A sus superiores no se les ocurría pensar que dependían del giro mensual para comer? ¿Eran religiosos o políticos? ¿No se suponía que una orden religiosa tenía que velar por los pobres y necesitados? ¿Y ahora qué iba a hacer? Ya no le importaba si su actitud calificaba de "crisis de fe" o de cualquier otro tipo de crisis. Estaba harta.

XXXII
ALLEZ, HAUT LES CŒURS !

Una mañana Bernadette encontró a Catalina en la cocina muy temprano y le preguntó:

—María, ¿se siente bien?

—Buen día, hermana. Para serle sincera, estoy preocupada. Otra vez hemos quedado a la buena de Dios...

—Hermana, no se olvide de que algunas de nosotras llevamos muchos años aquí. Desde que sor Clara y usted llegaron, hemos atravesado nuestra mejor época. Usted es muy joven para entender todavía. Por favor concédame el reconocimiento de la experiencia. Yo ya he visto dos guerras mundiales. Créame que usted no sabe lo que es pasar hambre, por ejemplo. No lo tome a mal; sólo trato de poner su tristeza en perspectiva.

—Supongo que tiene razón.

—Usted sabe que yo me voy a esforzar en la cocina para que todo rinda el triple. Ya vendrán épocas mejores. Esta gente lleva décadas buscando su independencia y finalmente la lograron, pero estos procesos históricos siempre tienen su transición y sus costos. *Allez, haut les cœurs !*[20]

Catalina admitió con gusto que Bernadette tenía la virtud de levantarle el ánimo, como podían hacerlo una madre o una abuela.

Optó por no prender la radio por unos días, al menos hasta la noche, porque no podía prohibirles a las hermanas que escucharan un poco de música, pero bastó que tomara esa decisión para que Benoît se encargara de mantenerla informada.

—He leído en el periódico que las tropas de la ONU no sólo no han intervenido en favor de Lumumba sino que parecen conspirar en su contra. En respuesta, él ha solicitado ayuda a los rusos…

—Le agradezco la información, padre. Todo indica que las cosas van de mal en peor. Ahora, si me permite, tengo un centenar de cosas que hacer sin dinero.

—Sor María Inmaculada, en rigor de verdad, hace algunos días que estoy dando vueltas y vueltas para comunicarle un hecho personal. Y créame que soy consciente de que el horno no está para bollos.

—Lo escucho, padre.

—La semana pasada Badrú me trajo una carta de un amigo, compañero de seminario y actualmente con un alto cargo. Lo han designado como agregado en el Vaticano y me ofrece que lo acompañe.

Catalina se desplomó en el sillón de su escritorio en la biblioteca, que por suerte estaba justo detrás de ella. Miró al irlandés con cansancio.

---

[20]En francés: "Vamos, arriba los corazones", equivalente a la expresión en castellano: "Vamos, arriba el ánimo".

—Hermana, diga algo por favor.

—Buen viaje padre.

—Sor María Inmaculada, mi partida no tiene por qué ser desagradable…

—Su partida podría no ser tal y usted ya tomó la decisión. No veo que me esté pidiendo permiso ni consultándome qué debe hacer.

—Hermana, creo que las cosas en este país van a terminar mal, con una guerra civil, por ejemplo. Lumumba no va a poder conservar el poder, se lo van a impedir. Usted sabe que yo llegué acá contra mi voluntad. No puedo dejar pasar esta oportunidad. Tenga presente que tengo veinte años más que usted.

—No me dé más explicaciones, padre, no es necesario. Si le parece, anuncie su partida en la cena.

El ánimo que logró darle Bernadette se desinfló y quedó otra vez en el piso. Catalina estaba de tan mal humor que prefirió dar un largo paseo por el río.

A la mañana siguiente, sor María Inmaculada caminó el kilómetro que separaba al hogar de la casa de Eugene, a la que nunca había ido.

El doctor en persona abrió la puerta y se quedó muy sorprendido al verla.

—Buen día hermana, ¿se siente mal?

—Buen día doctor. Bien no me siento pero no me duele nada.

Eugene sirvió café para los dos. Catalina lo disfrutó como si fuera un manjar y lo puso al corriente de todas las "bajas" producidas en los últimos tiempos, el grave problema bancario, y la falta de respuesta de sus superiores.

El doctor la escuchó con atención y paciencia. Después de meditar su respuesta, le dijo:

—Creo que el padre Benoît tiene razón con su pronóstico local, por lo que estamos contra reloj para que Mivek le arrime un contacto en el Banco de Bélgica. No creo que le den el dinero que necesita, pero sí que intercedan con sus superiores.

—Muy agradecida, Eugene. Se podrá imaginar que cualquier gestión es bienvenida.

Catalina regresó al hogar un poco más animada y al llegar fue informada de que el cura se había ido con Badrú. A partir de ese instante -y hasta nuevo aviso- no habría más misa y confesión en San Francisco.

Esa noche, tras relatar la partida del irlandés, sor María Inmaculada cerró otro de sus cuadernos.

XXXIII
ARTUS VAN LAER

L a gestión de Eugene no se hizo esperar y le dijo a sor María Inmaculada que preguntara por el señor Ambrosius de Wit en el Banco de Bélgica, que la estaría esperando. Ninguno mencionaría a Mivek porque no era necesario.

Catalina hizo la diligencia al día siguiente. La hicieron pasar al despacho del señor de Wit, quien resultó ser el presidente de esa sede. La recibió con gran amabilidad y la entrevista fue breve. Sólo comprometió su palabra para interceder ante los superiores, tal como supuso el doctor Lemba. Al despedirla, le sugirió que volviera a verlo un mes después.

Aunque no fue una solución inmediata, el contacto en el banco se convirtió en una posibilidad. Catalina decidió no hacerse mala sangre con el tema durante los treinta días siguientes, porque no ganaría nada más que ansiedad.

Mientras tanto, los acontecimientos políticos nacionales generaban malestar por donde se los mirara.

Por esos días estallaron motines en el nuevo Ejército Nacional del Congo, porque los soldados congoleños no toleraban el maltrato de los oficiales blancos y a su vez éstos se negaban a obedecer las órdenes del nuevo gobierno. Joseph Desiré Mobutu era el comandante y todo indicaba que fue reclutado por las fuerzas imperialistas, que contaban con la colaboración de la C.I.A.[21], en clara muestra de los intereses económicos norteamericanos y el fastidio que provocó en Washington la intervención de la Unión Soviética, a pedido de Lumumba.

Nadie molestaba a las hermanas franciscanas pero tampoco nadie las protegía o las ayudaba en lo económico. Sor María Inmaculada agradecía todos los días por la presencia de Eugene y rogaba para que todos mantuvieran la salud, aunque decidió adelantar una semana su nueva visita al banco, dado el panorama de las noticias radiales.

El señor de Wit la recibió sorprendido y le recordó que tenían cita para otra fecha. Sin ofrecerle asiento, le hizo saber que él cumplió con la gestión prometida y que no tenía ninguna respuesta hasta ese momento.

Sor María Inmaculada no se sorprendió y consideró que tenía merecida la actitud del señor de Wit, por haberse adelantado. Aunque para ese entonces tampoco creía que tuviera respuesta favorable más adelante. En perspectiva, poco y nada importaba el saldo bancario negativo del hogar.

El inicio del agitado mes de septiembre trajo la destitución de Lumumba por el presidente. Ante la negativa del líder popular a dejar su puesto de primer ministro, éste a su vez destituyó a Kasavubu.

---

[21]C.I.A.: Central Intelligence Agency. Agencia Central de Inteligencia de los Estados Unidos.

Era evidente que Lumumba se sostenía con alfileres aunque contara con el apoyo popular. Tan era así, que unos días después, el coronel Mobutu tomó el control político del país por la fuerza, reprimiendo toda oposición. Envió a los soviéticos de regreso a Rusia y se autonombró comandante de las fuerzas armadas.

La única buena noticia era que ninguna radio anunciaba que Lumumba estuviera muerto.

Las hermanas estaban asustadas, incluyendo a Catalina, que no se animaba a volver al banco, a pesar de la conciencia de la total falta de dinero.

Era el mes de octubre y Lumumba fue arrestado por Mobutu y las tropas de la ONU.

"Que Dieu nous vienne en aide"[22], repetían las hermanas, ante cada emisión de las noticias de la radio, que variaban todos los días.

Eugene apareció en el hogar y él parecía necesitar un médico o un cura o las dos cosas.

—Sor María Inmaculada, sabrá por la radio que no hay buenas noticias. Nadie sabe nada de Mivek tampoco. Dios quiera que esté vivo y planeando cómo sacar a Lumumba de la cárcel. Pero he venido a decirle que estoy al tanto de que hasta ahora no tuvo éxito con el banco. En el medio de estos vaivenes, los belgas han enviado a un nuevo presidente de su sede aquí, a quien no conozco, aunque tengo entendido que es una suerte de primo segundo mío, de mi rama materna. Su nombre es Artus van Laer. Vaya a verlo de parte mía.

—Gracias al cielo Eugene…

---

[22]Expresión en francés similar a: "Que Dios nos ayude" en castellano.

Una vez más, sor María Inmaculada partió a Leopoldville y entró al banco esperanzada.

Fue atendida por el señor van Laer, quien le pareció bastante joven para el puesto que ostentaba y que la miró con curiosidad.

Catalina le explicó quién era y le dio la referencia del doctor Lemba. El belga se mostró incrédulo y ella se incomodó, a pesar de lo cual estaba obligada a hacerle un resumen de las circunstancias, que incluía la referencia a las entrevistas con su antecesor.

—Hermana, debo confesarle que no conozco a mi supuesto pariente ni asocio su apellido con mis padres, pero ese detalle es fácilmente averiguable en mi familia. Por lo demás, no creo que recién llegado aquí, en el peor momento posible, tenga más éxito que el señor de Wit. Lo único que se me ocurre es probar suerte a través de la Fundación de este banco y por el hecho de que ustedes forman parte de una organización eclesiástica belga.

La última frase del funcionario logró que sor María Inmaculada respirara aliviada, aunque van Laer le indicó que volviera a verlo un mes después, que parecía ser el único plazo que manejaban en esa entidad.

Cuando esa tarde se reencontró con Badrú para regresar al hogar, el congoleño le contó que Lumumba logró escapar y que se refugió en Stanleyville, donde aún tenía una base operativa y donde probablemente estuviera Mivek.

Bernadette se las ingeniaba en la cocina y Badrú colaboraba con el crédito una vez más, pero el ejército capturó de nuevo a Lumumba y lo trasladaron a

Leopoldville. Las radios no decían mucho pero los periódicos locales adeptos informaban que Lumumba era maltratado y torturado por sus captores.

Catalina hizo otra visita sorpresa a la casa de Eugene, básicamente para agradecerle el contacto con van Laer.

El médico tenía muy mala cara y no por culpa de su pariente lejano.

—Sor María, creo que van a matar a Lumumba. Es cuestión de días. Creo que el país quedará en manos de un títere al servicio de los imperialistas y que muy probablemente sea Mobutu. Nadie sabe nada de Mivek…

—Lo lamento por todos Eugene. Supongo que lo único que podemos hacer es rezar…

Aquellas fiestas de fin de año fueron tristes y para el olvido. Las hermanas trataron de rescatar algunas cosas de las últimas donaciones como para inventar regalos que pudieran poner en el arbolito para los chicos. El resto del país no estaba mejor que ellas.

Tres días antes del cumpleaños de Catalina, Patrice Lumumba fue ejecutado en Katanga[23]. La

---

[23]"Ninguna brutalidad, maltrato o tortura me ha doblegado, porque prefiero morir con la cabeza en alto, con la fe inquebrantable y una profunda confianza en el futuro de mi país, a vivir sometido y pisoteando principios sagrados. Un día la historia nos juzgará, pero no será la historia según Bruselas, París, Washington o la ONU sino la de los países emancipados del colonialismo y sus títeres". Patrice Lumumba, carta a su esposa, Pauline Lumumba, enero de 1961, una semana antes de su asesinato.

primera versión oficial de *Radio Leopoldville* fue que lo mataron campesinos separatistas. Ni Wamba hubiera creído semejante mentira.

Eugene no tenía consuelo y creía que Mivek había corrido la misma suerte.

Catalina no estaba de ánimo para ir al banco, pero se cumplía el plazo indicado por van Laer y las circunstancias acuciaban.

El funcionario la recibió amablemente y hasta esbozó una breve sonrisa.

—Buen día, hermana. Las novedades que tengo para usted son que he corroborado con mi madre que es cierto el parentesco con el doctor Lemba y que la fundación todavía no ha contestado, pero al menos no han dicho que no, que suele ser le respuesta rápida.

Catalina no prestó mucha atención a las palabras del funcionario. Sin ser consciente, lo estuvo observando: como buen belga era alto, delgado, rubio y de ojos claros. Aunque tenía rasgos más bien angulosos, su rostro era amable.

—Hermana, ¿le parece?

—Disculpe, señor van Laer, me distraje. Si me parece que…

—Que esperemos unos días más una respuesta de la fundación. El problema es cómo me comunico con usted.

—Me parece bien y le dejo los datos de nuestra casilla postal.

Catalina se fue incómoda por su distracción y una vez más con las manos vacías.

En los días siguientes ni Bernadette lograba levantar el ánimo de sor María Inmaculada, que se mostraba un tanto distante y distraída. En la soledad de la biblioteca, Catalina sopesaba la idea de tener que pedir un préstamo, sin saber cómo y cuándo podría devolverlo, a pesar de lo cual la primera pregunta era ¿a quién?

La ficticia independencia del Congo no parecía haber beneficiado a nadie hasta ese momento y ya llevaba cobradas varias vidas, empezando por la de Lumumba. Los medios trataban de instalar un discurso neocolonialista, mientras que la provincia de Katanga fue declarada Estado[24] por el líder del CONAKAT[25], Moïse Tshombé, quien se autonombró presidente. El katangués representaba los intereses de la UMHK[26], cuyo principal accionista era la Société Générale de Belgique. Tshombé y Kasavubu mantenían supuestas negociaciones para formar un Congo confederado, pero todo indicaba que la animosidad personal entre ambos era superior al interés político nacional.

La radio sólo se prendía media hora después de cenar ya que urgía cuidar la existencia de baterías.

Eugene no recordaba cuándo había sido la última vez que le pagaron por sus servicios y era el proveedor de elementos de farmacia, que consideraba donados.

Badrú le acercó a sor María Inmaculada la buena noticia de haber recibido una esquela de Artus van Laer, quien la esperaba en su despacho.

---

[24]Con capital en la ciudad de Elizabethville.
[25]Confédération des associations tribales du Katanga: Confederación de asociaciones tribales de Katanga.
[26]Unión Minera del Alto Katanga

—Buen día sor María Inmaculada. La he citado porque he recibido una respuesta de la fundación. Por lo que puedo leer entre líneas, sus superiores no tienen fondos para nada, por lo que la fundación ha decidido quedar bien con la iglesia y con el Congo y hacer algunas donaciones. Lo que no puedo hacer es entregarle dinero en efectivo, pero sí puedo entregarle directamente alimentos y otras cosas que necesiten, de acuerdo a una lista que usted confeccione. También puedo pagar las deudas de sus proveedores.

—Dios aprieta pero no ahorca, como decía mi predecesora —comentó Catalina con una sonrisa que hacía mucho tiempo que no aparecía en su rostro.

—Me alegra haber podido ayudar al Hogar San Francisco. No podía soportar la idea de los niños pasando necesidades.

—Créame señor van Laer que acaba de evitar esa situación.

—Por favor, hermana, llámeme Artus, ya que entiendo que a partir de ahora mantendremos una relación fluida.

—Gracias, Artus. Confeccionaré una lista y le daré los datos de todos nuestros acreedores —contestó Catalina mientras sentía que se sonrojaba sin motivo.

XXXIV
GUERRA CIVIL

Bernadette fue la encargada de confeccionar la lista de todo lo que necesitaba en su cocina. Catalina y Ángela se ocuparon del resto. Todas las hermanas respiraban normalmente otra vez con la llegada del nuevo benefactor, "San Artus van Laer". Eugene se negó a cobrar honorarios de manos de su primo, pero Badrú aceptó encantado de la vida, como correspondía en ambos casos.

Sor María partió con destino al escritorio de Artus, quien la recibió con una sonrisa que ya no parecía institucional.

—Artus, todas las hermanas han quedado muy conmovidas por su preocupación por los niños.

—Será porque soy padre y extraño mucho a mis hijos…

Catalina fue consciente de que se le borraba la amabilidad del rostro y no pudo con la curiosidad.

—No entiendo Artus, ¿tiene hijos que no viven con usted?

—Eso es correcto, pero contra mi voluntad. El problema es que tuve la desgracia de ser ascendido. Yo era un empleado de poco rango en la sede de Amberes y alguien decidió que era buena idea nombrarme presidente en el Congo Belga. De no haber aceptado, habrían prescindido de mis servicios. Pero se podrá imaginar que trasladar a mi esposa y a mis hijos a un país en plena guerra civil no era una opción. Se supone que mi estadía aquí no será muy prolongada y volveré a Bélgica con un cargo importante en Bruselas o donde yo elija.

Catalina sintió que se encorvaba mientras escuchaba la explicación de Artus. Era previsible que el hombre tuviera familia. Tampoco atinaba a darse cuenta de porqué le molestaba aquello.

Le hizo entrega de las listas de provisiones y de la cuenta de Badrú. Cuando se disponía a irse, Artus la sorprendió con una pregunta personal.

—Supongo que María Inmaculada es su nombre eclesiástico. ¿Cuál es su verdadero nombre?

—Catalina…

—Qué lindo nombre. Me gusta más la versión en español que en francés o en inglés.

Artus le dijo que le avisaría cuando estuvieran listas las provisiones, que Badrú iría a buscar con su camión.

Catalina debió haber salido más que contenta de aquella reunión, pero no fue así.

Eugene estaba muy preocupado por la situación política que –a esa altura de los acontecimientos– a sor María Inmaculada no le interesaba en absoluto.

—Imagínese, que en estos momentos hay tropas de la ONUC[27] más las tropas de la ANC[28] en Leopoldville, más lo que queda de las fuerzas del viceprimer ministro con base en Stanleyville, más los balubas de Kasai[29] –que se rebelaron contra Tshombé en el norte de Katanga– más los mercenarios[30], más los paracaidistas de la Legión Extranjera, más los hombres de Black Jack y los de Mad Mike[31]... esto se ha

---

[27]La Operación de las Naciones Unidas en el Congo (ONUC), se desarrolló en la República del Congo entre julio de 1960 a junio de 1964. Su mandato era el de prestar al gobierno congoleño la asistencia militar y técnica que necesitaba tras la intervención militar de las tropas belgas. Por razones de fuerza mayor, la ONUC se vio envuelta en una situación interna caótica de extrema complejidad y tuvo que asumir ciertas responsabilidades que iban más allá de las obligaciones de mantenimiento de la paz habituales.

[28]Armée Nationale Congolaise: Ejército Nacional Congoleño: así fue renombrada la Forcé Publique.

[29]Los balubas formaron asociaciones tribales en la provincia de Kasai y su propio espectro político.

[30]Los primeros mercenarios llegaron de Bélgica, Inglaterra, Sudáfrica, Rhodesia y la Argelia francesa. Eran veteranos sin trabajo y debían instruir a los "gendarmes de Katanga", reclutados entre las tribus sometidas a Tshombé. Fueron muy superiores a los balubas desde todo punto de vista. Los enfrentamientos entre ambos grupos se caracterizaron por la extrema crueldad. Los mercenarios extendieron rápidamente el terror entre sus enemigos y acuñaron el apodo de "Les Affreux" (Los Terribles).

[31]En Bélgica y en Sudáfrica fueron reclutados nuevos mercenarios a los que se incorporaron grupos de paracaidistas de la Legión Extranjera. Entre los secesionistas se podían reconocer tres formaciones: los belgas, bajo la dirección de Jean ("Black Jack") Schramme; los sudafricanos, con el irlandés Michael ("Mad Mike") Hoare al mando, quien había adquirido experiencia como oficial colonial en Malasia y el grupo de paracaidistas franceses

transformado en una guerra de guerrillas, que ya ni nosotros mismos entendemos.

—Y bueno, Eugene, si la comprensión del panorama lo excede, qué luz puedo agregar yo más que rezar por la paz. De todas formas, y para serle sincera, espero que a ninguno de todos esos señores se le ocurra pasar por aquí.

—Por suerte no están al borde de una ruta que le interese a nadie, pero no es imposible.

Artus avisó que ya podían ir a buscar las provisiones. En rigor de verdad, Badrú podía hacer ese trámite solo, pero a sor María Inmaculada no le pareció de buena educación no acompañarlo y agradecerle una vez más a van Laer.

—Muy buen día, Catalina, no me imaginé que acompañaría al señor Badrú en esta ocasión.

—No quería perderme para nada la oportunidad de agradecerle en persona esta entrega.

—No era necesario, aunque siempre es un gusto volver a verla. Sé que el señor la espera afuera con el camión cargado. Nos veremos el mes entrante con la próxima lista.

Catalina lamentó no poder conversar con Artus, dadas las circunstancias. Badrú esperaba.

En los días posteriores, sor María Inmaculada descubrió que su mal humor era permanente y que en una semana había soñado dos veces con Artus, aunque –afortunadamente– no recordaba qué.

---

dirigidos por Bob Denard, un veterano de las guerras de Indochina y Argelia.

Mientras daba uno de sus paseos por el río, decidió ser sincera con ella misma: *Tal vez lo que pasa es que lo estoy mirando como hombre... qué espanto, no se me ocurre un problema mayor para el vínculo con el benefactor... ¿por qué no podía ser otro Ambrosius de Wit? Viejo, gordo, feo, antipático... se supone que así son estos funcionarios... no joven, buenmozo, eficiente, casado y con hijos. Bueno, como sea, se me va a tener que pasar esta loca idea. A lo sumo lo tendré que ver cinco minutos al mes o le puedo pedir a Ángela que vaya o a Badrú directamente...*

El monólogo interior no la calmó en absoluto sino todo lo contrario.

XXXV
A SOLAS

Se acercaba la fecha pactada con van Laer para entregarle una nueva lista de provisiones. Sor María Inmaculada la tenía muy presente y estaba incómoda con la situación. Pensó en pedirle a Ángela que fuera en su lugar, mas no se atrevió. Catalina quería ver a Artus, no tenía sentido negarlo.

Badrú le advirtió que las cosas en Leopoldville estaban densas, con gruesas manifestaciones y graves disturbios permanentes en la plaza principal.

—Le agradezco mucho la información, Badrú, pero no podemos postergar el tema —contestó sor María al tiempo que tomaba nota de la mentira dicha.

El congoleño la dejó en la puerta del banco y le dijo que la esperaría del otro lado de la plaza una hora después, en el lugar habitual donde podía estacionar su camión. Ambos observaron un grupo de personas que parecía pacífico.

Sor María Inmaculada entró al banco contenta. Van Laer la recibió de inmediato, sonriente.

—Catalina, no ha venido en el mejor día. Hay gente en la plaza y no me gusta…

—No se preocupe porque Badrú me espera en una hora del otro lado, como siempre.

—¿Quiere un café o un té?

—Le acepto un café encantada, ya que no es una de las provisiones habituales del hogar.

—Ahora mismo lo agregamos a la lista de provisiones.

Con el café servido y sin perder un minuto, Artus preguntó:

—Catalina, me da curiosidad saber cómo llegó al Congo Belga.

Ella contó su historia con verdadero interés en el relato. Él la escuchó con la mayor atención, sin interrumpirla.

—Nunca vi a nadie con lepra, pero a simple vista diría que a usted se la ve muy sana. Su historia en este lugar es digna de admiración. Prometo no quejarme más durante mi estadía en este país.

Era la primera vez que Catalina se sentía orgullosa de su obra.

En ese momento golpearon a la puerta del despacho. Un empleado le comunicó a Artus que estaban ocurriendo importantes disturbios en la plaza y que los manifestantes lanzaron piedras contra la puerta del banco.

La actitud de van Laer cambió por completo y dio la orden de cerrar las puertas de la sede, por seguridad.

—Catalina, Badrú deberá esperar. No puedo dejarla salir ahora y ser responsable de que usted cruce la plaza. Quédese aquí sentada.

A sor María Inmaculada no se le ocurrió discutir la orden y se quedó sola en el despacho, mientras él se dirigía al *hall* central del banco para verificar el estado de la situación.

Catalina observó sobre el escritorio un portarretratos con una foto de la familia van Laer. Eran cuatro: Artus, su esposa, una niña de unos diez años y un niño de unos seis. Estaban todos de pie en lo que parecía un jardín, probablemente de su casa. La señora van Laer era bonita y estaba bien vestida. La hija se parecía a ella y el varón se parecía al padre. Todo previsible.

Catalina pensó que, de no haber sido por la supuesta lepra, era muy probable que se hubiera casado con Irineo y que bien hubiera podido tener una foto parecida a la de los belgas, para ese entonces.

Artus volvió al despacho.

—Mire, las cosas en la plaza tienen para un rato. El horario bancario ha terminado y he ordenado que el público que quedaba y el personal salgan por la puerta de atrás que da a la otra calle, pero yo no me voy a ir hasta que vea que el panorama se calma y que el banco no corre riesgos. La hora que usted fijó con Badrú ya pasó. No creo que el buen hombre haya podido esperar en el lugar donde estaba estacionado. Le ofrezco que se quede conmigo y cuando amaine, yo la llevo en mi auto hasta el hogar.

—Muy agradecida Artus, aunque lo lamento por Badrú —contestó Catalina, esforzándose por no demostrar su entusiasmo ante el plan de emergencia.

—Yo lamento no ofrecerle otro café ya que me he quedado sin personal.

—Si me muestra dónde lo preparan, yo me encargo.

Con el segundo café y los disturbios a favor, Catalina preguntó:

—¿Cómo se llaman su esposa y sus hijos?

—Mi esposa se llama Elise y los niños son Juliette y Alexander.

—La foto muestra una linda familia. Lo felicito.

Ahora el orgulloso era él.

Después conversaron sobre cine, jazz, comidas predilectas y la radio. Artus le contó que la semana anterior fue a ver en el cine de la otra cuadra *Cape fear*[32] y que le gustó tanto que quería volver a verla.

Catalina le contó sobre su única experiencia con *Peter Pan* y los niños.

Las ventanas del despacho indicaban que atardecía. Artus fue hasta el vestíbulo y volvió con la noticia de que la plaza estaba en orden y que ya podían partir.

No había señales de Badrú y su camión. Fueron a buscar el auto de Artus y Catalina le indicó el camino hacia el hogar.

La conversación se dio por momentos. El silencio parecía más cómodo entre ambos. Ella disfrutó cada minuto y hubiera querido que ese viaje fuera eterno.

Él parecía distendido y la miró en varias oportunidades, sin decir nada.

Cuando llegaron al Hogar San Francisco, Artus bajó del auto, dio la vuelta, abrió la puerta de Catalina y le dio la mano para ayudarla a bajar. El contacto de las manos fue muy perturbador para ella.

---

[32] "Cabo de miedo", 1962, dirigida por J. Lee Simpson y protagonizada por Gregory Peck y Robert Mitchum.

Ya era de noche y no se veía nada. Sor María Inmaculada lo invitó a conocer el lugar, pero van Laer le contestó que era muy tarde y que era mejor que regresara a la ciudad.

Mientras Catalina veía cómo se alejaba Artus en su auto, Bernadette y Ángela salieron a su encuentro. Ambas pasaron la tarde muy preocupadas por ella y sor María se vio obligada a dar las explicaciones del caso.

XXXVI
JEKYLL Y HYDE

C atalina caminaba mientras se repetía a sí misma cien veces por día: *No debo ver a Artus por un tiempo...* Con el rosario en la mano, iba y venía por la vera del río, como si estuviera entrenando para una maratón. De hecho había adelgazado en las últimas semanas. Se daba cuenta de que sor Clara la observaba, pero no le decía nada. *La única forma de sacármelo de la cabeza es no verlo. Le diré a Ángela que vaya la próxima vez.* Estaba angustiada y dormía muy mal. Optó por pedirle a Eugene que le recetara algo para el sueño. El galeno la miró extrañado pero le dio el gusto.

Recibió correspondencia de Argentina: Blanca ya tenía dos varones, además de su hija mayor. Luisa tenía una nena y Amelia contrajo nupcias con un porteño que tenía estancia en la zona de Pergamino y alternaba entre Buenos Aires y el campo. Se transformó en la "ricachona" de la familia. Humberto dejó su pueblo para irse a estudiar a la Universidad Nacional de La Plata y ahora estaba de novio. Los padres ya estaban mayores aunque felizmente no tenían grandes problemas de salud. Llegaron varias fotos junto con las esquelas. Se veían felices.

En el estado en que se encontraba Catalina, la información familiar la hizo llorar una vez más. Desde que se marcharon las damas, se quedó sin teléfono y de repente sentía la urgencia de hablar con todos.

Dios era sabio y era mejor que no tuviera dinero a su disposición porque si no estaba lista para tomarse un avión, con pasaje de ida solamente.

Desde su llegada al Congo que no se sentía tan sola. No tenía con quién hablar sobre lo que le estaba pasando.

Entraba a la iglesia al menos una vez por día y se arrodillaba frente a la Virgen, a la que le rogaba que le diera paz y consuelo.

También creía que Artus no era indiferente, lo que presuponía sentimientos encontrados para ella: si sentía algo, era un sufrimiento innecesario para él; si no sentía nada, era la desilusión de no ser correspondida. ¿Cómo sor María Inmaculada podía pensar en el amor de un hombre? ¿No sabía que no le estaba permitido? ¿Catalina podía ser una mujer además de ser una monja? La respuesta teológica era no. La respuesta literaria era que ambas se debatían como doctor Jekyll y míster Hyde. Y la triste realidad era que Catalina, la mujer, prevalecía sobre sor María Inmaculada por aquel entonces.

No creía que fuera la primera religiosa en pasar por ese drama en la historia de la humanidad. Suponía que aunque las soluciones históricas fueron diversas, probablemente pocas resultaron satisfactorias para los involucrados. Aunque tuviera la valiente y loca idea de dejar los hábitos, Artus era un hombre prohibido. Catalina no sabía si era capaz de dejar a sor María

Inmaculada; lo que sí sabía era que era incapaz de arruinar una familia ajena.

Llegó la fecha del siguiente viaje al banco. Esa mañana, en el desayuno, le dijo a sor Clara:

—Ángela, te pido que vayas con Badrú a ver a Artus. Me ha tocado el "día femenino" y me siento mal.

La correntina la miró desconfiada pero no dijo nada y se fue.

A media tarde, sor Clara volvió de su excursión a Leopoldville y fue directo a la biblioteca, a ver a sor María.

—¿Cómo te fue con Artus?

—Bien, aunque se mostró contrariado por tu ausencia. Te manda saludos y dijo que te espera antes de Navidad.

Qué problema, pensó Catalina.

Eran mediados de diciembre y la radio informaba que las fuerzas de la ONUC habían logrado prácticamente el control total de Katanga. Se corría el rumor de que Tshombé partió al exilio. El desinterés de Catalina sobre la política nacional era total.

No podría evitar el nuevo encuentro con Artus, el último de ese año. Una nueva excusa sería alevosa. Tendría que juntar fuerzas.

El día señalado empezó con lluvia. En la plaza de Leopoldville no se veía más que gente caminando apurada por el agua. Badrú la dejó en la puerta del banco.

Cuando Catalina se anunció en el *hall*, le dijeron que aguardara y a los cinco minutos fue a su encuentro un hombre que no había visto nunca.

—Buen día hermana. Soy el señor Pieter Brill, vicepresidente. El señor van Laer me ha pedido que la recibiera, ya que hoy ha debido ausentarse.

—¿Se encuentra mal de salud? —preguntó Catalina sin pensar.

—No sabría informarle —fue la seca respuesta del funcionario.

Sor María Inmaculada entregó el sobre con la lista de provisiones y se marchó.

Cruzó la plaza bajo la lluvia. En realidad tenía que hacer tiempo para reencontrarse con Badrú. Daba la vida por un café, que no podía tomar porque no podía pagar. También necesitaba un baño. En la esquina había un bar. Entró y pidió permiso para usar la *toilette*.

—¿Le sirvo algo caliente hermana? —preguntó el hombre detrás del mostrador.

—No le puedo decir que sí porque no tengo dinero.

—La casa invita, hermana…

Catalina agradeció que le tocara en suerte un buen cristiano. Se sentó junto a la ventana. Se dio cuenta de que revolvía la taza como hacía Beatrix con su té.

¿Cómo interpretar la ausencia de Artus? ¿Se ausentó para no verla? ¿Quería evitarla como hizo ella el mes anterior? ¿Estaría enfermo? ¿Se volvía a Bélgica? ¿Se quedaban sin benefactor? No obtendría respuestas hasta el mes siguiente.

XXXVII
EL REGALO Y LA
INVITACIÓN

O tro año comenzaba y ese veintiuno de enero, Catalina cumplió treinta y cuatro años. Ahora entendía cómo se sentía Adèle cuando ellas llegaron. Como ya era costumbre, Bernadette le preparó un desayuno especial y todos le cantaron el feliz cumpleaños. Al mediodía apareció Badrú de sorpresa. A Catalina la conmovió porque supuso que fue a saludarla por su día.

El congoleño bajó del camión con un gran paquete en la mano. Sor María Inmaculada lo miró extrañada.

—Buenas tardes hermana. Feliz cumpleaños. Se suponía que debía traerle este paquete esta mañana temprano, pero el camión no quería arrancar.

Catalina tomó la caja en sus manos. Junto al moño de regalo, encontró una tarjeta. La abrió:

"Feliz cumpleaños Catalina. Espero que lo disfrute. --Artus van Laer".

Dentro de la caja había una cafetera italiana Bialetti y un paquete de café.

Catalina se emocionó tanto que le dio un beso a Badrú, al tiempo que le agradecía le entrega del regalo. Se fue corriendo a la cocina a estrenar la cafetera, si lograba armarla y entender cómo funcionaba.

Era tanta la emoción que no atinó a preguntarle al congoleño cómo era que Artus sabía su fecha de cumpleaños.

En ese momento entró Ángela a la cocina.

—Me la mandó Artus de regalo. No entiendo cómo sabía que hoy es mi cumple —dijo Catalina señalando la cafetera.

—Me lo preguntó a mí cuando estuve con él —contestó Ángela divertida.

—¿Y por qué no me lo contaste?

—Porque me pidió que no te lo contara, así era sorpresa.

A Catalina le encantó la actitud de Artus y lamentó la obediencia de Ángela, que le hubiera ahorrado el sufrimiento de las últimas semanas.

La cafetera era maravillosa y cuando llegó Eugene una tarde, Catalina se la mostró y sirvió café para los dos. El galeno no festejó el hecho y comentó:

—Qué amable resultó el primo…

Ella dejó pasar el comentario.

Eugene tenía la extraña idea de que era su obligación mantener informada a Catalina sobre los acontecimientos nacionales, como si tuviera que suplir la ausencia definitiva de Mivek en la radio.

—Tshombé primero se exilió en Rodesia del Norte y después se fue a España. Estoy indignado con la visita de Mobutu a Kennedy. No puedo creer que se arrastre ante los norteamericanos, que lo reciben y le dan plata para asegurarse de que cuide los intereses económicos yanquis. Y no lo va a escuchar ni a leer en ningún lado, pero los verdaderos detalles del asesinato de Lumumba en Katanga[33], serán un eterno capítulo oscuro de este país y dudo que la historia le haga justicia.

—Recemos para que la justicia sea Divina — fue el comentario de sor María Inmaculada.

El acontecimiento de esa semana era que Catalina tenía cita con Artus.

Sentados en el despacho del belga, ella le agradeció el regalo y no se atrevió a preguntarle por su ausencia anterior. Él la sorprendió con una invitación.

—Catalina, desconozco si está al tanto de la existencia y la actividad de la UNESCO[34] en este país, desde la independencia.

---

[33]En un descampado iluminado por las luces de los autos de la policía, el oficial belga Julien Gat tomó del brazo a Lumumba y lo llevó hasta un árbol. El dirigente africano apenas podía caminar por las torturas recibidas. El escuadrón de ejecución fue formado por cuatro hombres, con fusiles FAL belgas y revólveres Vigneron. Una veintena de soldados, policías, oficiales belgas y ministros katangueses observaban en silencio. El capitán belga dio la orden. Lumumba y dos de sus antiguos ministros, Maurice Mpolo y Joseph Okito, fueron acribillados. Para encubrir la verdad, un equipo de policías belgas desenterró el cadáver de Lumumba y lo disolvió en ácido sulfúrico, provisto por una compañía minera. Lumumba tenía treinta y cinco años y había permanecido tres meses como primer ministro.

[34]United Nations Educational Scientific Cultural Organization: Organización de las Naciones Unidas para la Educación, la Ciencia y la Cultura. Después de la independencia de 1960, el Congo Belga veía degradarse su sistema de enseñanza por la retirada del personal belga, principalmente. El gobierno -mediante

—La verdad es que no, Artus…

Después de hacerle un resumen informativo, él continuó con el verdadero objetivo del comentario.

—Dentro de un mes habrá una gala en Brazzaville, de tipo diplomática. Yo estoy invitado como presidente del banco y me consta que estarán los funcionarios de la UNESCO, tanto los del Congo-Leopoldville como los de enfrente…

—Yo no conozco Brazzaville —interrumpió Catalina.

Artus se quedó perplejo.

—¿Cómo que no conoce Brazzaville?

A Catalina le dio vergüenza.

—Nunca se dio la oportunidad de cruzar, nadie nos invitó… Así que para mí el Congo es Mumba y Leopoldville.

—*Mon Dieu !* Ni se me había ocurrido que no conocía la ciudad. Bueno, con más razón entonces para que venga.

—No entiendo Artus, qué tengo que ver yo con la UNESCO y una gala diplomática, sin siquiera estar invitada.

—En principio nada, pero a mí se me ocurrió que como la educación y la iglesia siempre van de la mano, sería conveniente que usted -como superiora del

---

una gestión ante las Naciones Unidas- se dirigió a la UNESCO para obtener profesores de enseñanza media y técnica. Ese fue el comienzo de la "Operación Congo", así denominada por la UNESCO, que organizó un programa de perfeccionamiento para maestros de enseñanza primaria dentro del "Plan de Ayuda a la República del Congo-Leopoldville", que incluía ayuda económica en materia de educación.

Hogar San Francisco- se ponga en contacto con los funcionarios de la UNESCO. La invitación es lo de menos porque vendría conmigo.

—Sigo sin entender su objetivo, amén del hecho de ir a una fiesta de gala vestida con el hábito.

—Su hábito es fundamental en este caso y mi objetivo es que si, por alguna razón, la Fundación del Banco de Bélgica da por terminada su obra benéfica con ustedes, no se queden sin nada otra vez.

Catalina entendía las buenas intenciones del belga, pero la invitación era muy incómoda, desde todo punto de vista, aunque rechazarla no era una opción.

—Bueno Artus, confío en su idea y le agradezco la intención.

—Podemos hacer coincidir su visita mensual con el día de la gala, así no viaja dos veces. El problema sería el regreso, porque la fiesta es de noche y terminará a las altas horas. Lo único que se me ocurre es que pase esa noche en mi casa y que Badrú la busque a la mañana siguiente. Imagínese que el banco me ha provisto de una casa con cuatro habitaciones para mí solo. Espero que no le parezca muy inapropiada la propuesta…

Es lo más inapropiado del mundo, pensó Catalina, al tiempo que se imaginaba las caras de su madre, de sor Caridad y de Adèle, en ese orden.

—Digamos que dista de ser apropiado pero que en este caso *la fin justifie les moyens*[35].

---

[35] En francés: "El fin justifica los medios".

XXXVIII
LA GALA

Todas las hermanas mayores fruncieron el ceño ante la explicación de sor María acerca de la fiesta y la noche de hotel en casa de Artus, pero ninguna se opuso. Sor Clara parecía divertida con la idea y la miró como si fueran cómplices en la aventura.

Catalina les pidió ayuda a Saida y Rachida para tratar de recolectar partes de hábitos viejos, con los cuales tratar de hacer uno nuevo. También recordó que en el armario de sor Thérèse había un par de zapatos que nadie usaba y que estaban en bastante buen estado. Hasta ahí podía llegar su arreglo personal.

Al que no le causó ninguna gracia el plan fue a Eugene.

—No creo que se justifique que usted conozca a los delegados de la UNESCO en esas circunstancias. Dudo que recojan el guante. Puede ser que van Laer tenga mucho criterio para los negocios pero tiene poco para las situaciones sociales.

A Catalina le causó gracia que el médico se enojara.

Llegó el día de la gala. Badrú dejó a sor María Inmaculada en casa de Artus a las cinco de la tarde, tal como acordaron.

Artus la hizo pasar al *living*, le sirvió un café y le dijo que lo esperara mientras se cambiaba.

Cuando bajó, apareció enfundado en un *smoking*, peinado a la gomina y con zapatos que relucían. Ella fue consciente de que lo miró embobada, a tal punto que él se incomodó. Cómo le hubiera gustado a Catalina haberse puesto un vestido de fiesta, peinarse, maquillarse y perfumarse para la ocasión.

Lo poco que pudo ver de Brazzaville, de camino a la fiesta, le pareció una maravilla. Era una ciudad mucho más linda que Leopoldville.

La gala era en la embajada de Estados Unidos, la cual se alzaba como una mansión imponente situada en una localidad exclusiva. El clima era ideal.

En cuanto entraron Catalina sintió que mejor iba corriendo a esconderse dentro de un *toilette* hasta el final de la velada. Todo el mundo la miró como si estuviera disfrazada o como si se hubiera escapado de un manicomio.

Artus le ofreció su brazo derecho para que se tomara de él y establecer que llegaban juntos al evento.

El problema fue que la gran mayoría de los concurrentes parecía conocer a van Laer y se acercaban a saludarlo.

Sor María Inmaculada quedó sola en varias oportunidades. Un mozo se apiadó de ella y le ofreció una copa de champagne.

Artus la seguía con la mirada mientras hacía sus sociales obligatorios. Pronto encontró una orquesta en vivo, que tocaba jazz. Catalina se acercó a ese sector del salón y prefirió concentrarse en lo que escuchaba.

Después de un buen rato, Artus reapareció en compañía de un señor, bastante mayor que él.

—Sor María, le presento a *monsieur* Gerard Plottier, representante de la UNESCO ante el Congo-Leopoldville, a quien le he anticipado quien es usted y porque debían ser presentados. Los dejo para que hablen tranquilos, yo debo conversar con el anfitrión.

La expresión de *monsieur* Plottier no invitaba a nada, pero Catalina entendió que tenía cinco minutos para "venderle" el Hogar San Francisco a ese hombre, en ese momento o nunca más.

Sor María Inmaculada no tenía un discurso preparado aunque le debió haber salido bastante bien, porque el francés la escuchó atentamente y le dijo:

—Hermana, desconocía la existencia del Hogar San Francisco, pero por lo que me cuenta es muy probable que podamos incluirlos en nuestro plan de ayuda. Si le parece, la espero la semana que viene en mi despacho para discutir detalles.

—Muy agradecida *monsieur* Plottier. Estaré encantada de ir a su oficina.

Catalina se moría de sed y empezó a buscar a Artus por todos lados. Tomó una copa que le ofrecieron y encontró a van Laer conversando animadamente con la anfitriona.

Artus vio a Catalina y dio por finalizada su conversación.

—¿Cómo le fue con Plottier?

—Creo que muy bien porque me dijo que vaya a verlo a su oficina la semana que viene para discutir detalles.

—*Voila* ! La felicito porque no es un personaje fácil. Le debe haber entrado por el ojo derecho.

Catalina se sentía un poco mareada. Cayó en la cuenta de que en la vida había tomado alcohol, a no ser que fuera por la experiencia de mojarse los labios con sidra para las fiestas, en los festejos familiares de Rancagua.

—Artus, creo que debo sentarme y quedarme quieta…

—Catalina, creo que "misión cumplida" para ambos y que mejor nos vamos.

Durante el viaje de vuelta, hicieron todo tipo de comentarios sobre la fiesta y ciertos invitados.

Cuando entraron a la casa, Artus la condujo a la parte de arriba y le mostró el dormitorio que hizo preparar para ella, en el extremo opuesto del pasillo respecto de su habitación. Le indicó dónde estaba el baño y le dio las buenas noches.

Catalina estaba agotada. Apenas apoyó la cabeza en la almohada se quedó dormida, sin tiempo de pensar que Artus estaba a pocos metros de su cama. Por suerte.

XXXIX
LA CONFESIÓN

Fue necesario que Badrú tocara varias veces el timbre aquel sábado a la mañana para que Artus y Catalina se despertaran, cada uno en su dormitorio, sin saber nada del otro. Van Laer abrió la puerta en su *robe de chambre*, avergonzado por la situación. Catalina se vistió lo más rápido que pudo y bajó enseguida, encontrando a Badrú parado en el *hall*, conversando con Artus.

Sor María tenía un dolor de cabeza espantoso, por lo que no le contó demasiado al congoleño durante el viaje de vuelta al hogar.

Cuando llegó, estaban preparando el almuerzo y todas la miraron expectantes. Después de bañarse y tomar dos aspirinas, les contó sobre *monsieur* Plottier.

Catalina reconocía que la gala fue toda una experiencia. No estaba muy dispuesta a reconocerse a ella misma que la imagen de Artus vestido de *smoking*, había pasado a ser una suerte de "foto" que tenía delante de sus ojos en forma permanente.

Hacia el final de aquella semana, volvió a Leopoldville para la reunión con el francés.

—Tome asiento… tome asiento, hermana, por favor. ¿Me acompaña con un té?

—Sí, muchas gracias.

—Sor María Inmaculada, he consultado sobre las posibilidades de incluir al Hogar San Francisco en nuestro programa y, para su beneplácito, la respuesta ha sido positiva, por lo que en breve designarán en su organización una profesora de habla francesa, con orientación en educación primaria. La UNESCO le abonará un salario, además de una suma por viáticos privados, sin perjuicio de una suma por los gastos que representará para ustedes que la docente viva allí. Esa suma será depositada en el banco que preside nuestro amigo van Laer y administrada por usted.

—Me siento muy agradecida *monsieur* Plottier. Me parece todo perfecto y aguardamos ansiosas la llegada de la nueva profesora.

Catalina salió de la sede de la UNESCO más que contenta y, sin meditarlo, caminó las cuatro cuadras que restaban hasta el banco, porque quería contarle las novedades a Artus.

Al anunciarse en el vestíbulo, salió a su encuentro el señor Pieter Brill.

—Hermana buen día. ¿Tenía cita con el señor van Laer? Debo decir que no la tengo en la agenda…

—No señor Brill, no tenía cita. Estaba cerca y vine a comunicarle una noticia de su interés.

—El señor van Laer ha debido viajar a Bélgica por asuntos familiares, de improviso.

—¿Algo grave?

—No sabría decirle, hermana.

—¿Sabe cuándo vuelve?

—Para fines de este mes.

Brill no tenía la culpa de nada, pero Catalina no lo soportaba, con sus respuestas institucionales. Su humor cambió por completo; de hecho, se enojó.

Volvió al hogar y, por su cara, Ángela supuso que la entrevista fue un fracaso. Después de que Catalina le contara lo sucedido, sor Clara dijo:

—La reunión fue un éxito. Yo no salto de alegría con la idea de la profesora extranjera, pero me doy cuenta de la conveniencia. Lo que no entiendo es tu fastidio. Sería más lógico que estuvieras preocupada por el motivo del repentino viaje de Artus. Quizás pasó algo en su familia.

Catalina no contestó nada. Ángela tenía razón y la había pescado al vuelo, como siempre.

Sor Clara la miró y pensó: *Qui ne dit mot consent.*[36]

Regresaron los paseos por el río con el rosario en la mano. No veía a Artus de nuevo hasta dentro de tres semanas, por lo menos. Si durante ese lapso él estaba en Bélgica, para ella debía ser indistinto, pero no lo era. Sólo podía pensar en que Artus estaba con su esposa y con sus hijos.

Catalina entendió que escribir en su cuaderno -a modo de diario íntimo- ya no era suficiente. Tampoco alcanzaba el lugar donde los guardaba bajo llave. Ya tenía doce cuadernos escritos de punta a punta. Le tocaba encontrarles un escondite nuevo. Y además era hora de una buena confesión. Mientras pensaba en la necesidad urgente de recibir aquel sacramento, fue que se acordó del padre Laurent en la catedral. No tenía

---

[36] En francés: "El que calla otorga".

excusa para ir a la ciudad pero tampoco debía pedirle permiso a nadie.

En cuanto pudo coordinar con Badrú, fue a Leopoldville. Entró a la catedral buscando al cura con la mirada. No lo vio en persona aunque pronto se dio cuenta de que estaba confesando. Se sentó a un costado, a esperar. Casi que se alegró de que no la viera antes; así sería una verdadera confesión, como debía ser. Era imposible que se acordara de su voz. No iba a darse cuenta de quién era.

Entró al confesionario. Se sentó y se abrió la ventanita.

—Ave María Purísima.

—Sin pecado concebida.

—Bendígame padre, porque he pecado.

—El Señor esté en tu corazón para que puedas arrepentirte y confesar humildemente tus pecados.

—Padre, soy servidora del Señor y he conocido a un hombre del cual me he enamorado. —Catalina no podía creer que hubiera dicho eso en voz alta.

Hubo un largo silencio por parte del cura. Para sor María Inmaculada fue insoportable.

—Hermana, todos los que servimos a Dios no estamos exentos del amor humano. En la vida de los religiosos sucede al menos una vez, como en la de cualquier persona. No todos lo permiten o lo asumen. Usted ya hizo ambas cosas por lo que ahora sufre. ¿Su amor es correspondido?

—Es un hombre casado y con hijos. Ruego al Señor que no sea correspondido.

—En ese caso, sor María, usted se ha permitido enamorarse pero se aseguró de que fuera un amor prohibido para ambos. Dejar al Señor no la va a ayudar en lo más mínimo.

—No quiero dejar los hábitos pero no puedo manejar sentimientos que hasta ahora desconocía. Vivo en pecado permanente.

—En general uno no elige enamorarse y menos de quién. Yo mismo he pasado por su situación. Ella también era casada. Lo único que pude hacer fue alejarme y seguir mi camino. Es verdad que el tiempo todo lo cura. Piense en las personas que no son religiosas y que se enamoran todos los días… y que no son correspondidas, por la razón que sea. Tampoco descarte que él se aleje. No pierda la fe hermana. Puede alegrarse pensando que al final de su vida habrá conocido dos tipos de amor distintos. Hay gente que se muere sin conocer ninguno. Su sufrimiento actual es bastante penitencia. Vaya con Dios hermana. Yo la absuelvo de sus pecados, en el nombre del Padre, del Hijo y del Espíritu Santo.

—Amén.

Tenía los ojos llenos de lágrimas cuando salió de la iglesia, pero estaba conforme con ella misma por haber tenido la valentía necesaria para confesar su amor ante Dios.

XL
LA PROFESORA

Catalina se despertó sobresaltada. Acababa de soñar con Artus y esta vez sí se acordaba del sueño. El vívido recuerdo le dio vergüenza. Su inconsciente le hizo vivir una escena que nunca pasaría en la vida real. Los detalles eran pura imaginación, no en base a ninguna experiencia. Era todo muy angustiante. ¡Qué poco hacía falta para enamorarse! Aquel sueño no colaboraba en absoluto. ¿A todo el mundo le pasaría lo mismo? ¿Artus habría soñado con ella alguna vez? El padre Laurent tenía razón, la única forma era alejarse de Artus. Podía evitar algunas entrevistas mensuales, pero no podía dejar de ir al banco, menos ahora con el tema de la UNESCO.

Sor María Inmaculada empezó a rezar para que Artus volviera de Bélgica.

Por esos días apareció Eugene. Catalina le contó de la fiesta y de *monsieur* Plottier.

—Debo confesar que me sorprende y que estaba errado en mi pronóstico, por suerte para ustedes. Lo que me llama la atención es que a pesar de las buenas nuevas la veo alicaída —comentó el galeno.

—Será cansancio…

—Conociéndola creo que es algo más.

Sor María Inmaculada le preguntó acerca de las novedades políticas, para forzar el cambio de tema.

—Pero qué raro que usted proponga hablar de política.

—Hace rato que no escucho la radio ni leo nada.

—Bueno, ya que insiste le comento que los lumumbistas están pensando en proclamar una segunda independencia. Muchos tienen inspiración maoísta. Pierre Mulele[37] está sacudiendo las cosas en las zonas rurales del centro y del oeste y otros colaboradores las agitan en el este, con lo cual la guerrilla goza de buena salud en casi todo el país. Creo que para el otoño el tema se va a poner interesante.

Eugene se marchó y sor María Inmaculada se quedó pensando en que ya eran inútiles los esfuerzos por disimular su estado, al menos con sor Clara y el galeno.

Antes de su siguiente entrevista con Artus, llegó un telegrama anunciando el arribo de *mademoiselle* Odile Dubois, la profesora de la UNESCO. Catalina le pidió a Badrú que la recogiera en Leopoldville.

Unas horas después, la señorita Dubois bajó del camión del congoleño con cara de fastidio. Tendría unos cuarenta años, usaba anteojos y el pelo recogido. A simple vista, parecía más una institutriz inglesa que una profesora francesa.

---

[37]Pierre Mulele fue Ministro de Educación de Lumumba. Se trasladó a China en marzo de 1962 para estudiar la estrategia de la guerra popular prolongada. En julio de 1963, volvió a su Kwilu natal para organizar la guerrilla en compañía de Teodoro Bengila y Félix Mukulubundu. Al mismo tiempo, Gaston Sumialot y Laurent Kabila impulsaban la guerrilla en el este del país.

Catalina salió a recibirla, la presentó con las hermanas y los niños, le mostró todo el lugar y su dormitorio, sin mencionar que perteneció antes a sor Thérèse.

—Bien hermana, es más o menos como me lo imaginé. Mañana mismo evaluaré a los niños para preparar mi plan de trabajo para el resto del ciclo lectivo.

Sor María Inmaculada quedó impresionada. Todo indicaba que Adèle debía ser recordada como suave y dulce. Dejó a Odile en manos de Ángela porque Badrú la esperaba para llevarla al banco.

Según lo que le había dicho Brill, Artus debía estar de vuelta. En franca contradicción con ella misma y con el consejo del padre Laurent, decidió ir a verlo.

—Hola Catalina, no la esperaba hoy, aunque me comentó Pieter que estuvo por aquí hace un par de semanas —fue el recibimiento de Artus, quien traía muy mala cara.

—Aproveché un viaje de Badrú para acercarme. ¿Algún problema familiar?

—Mi madre falleció.

Catalina se quedó helada.

—Artus, cuánto lo lamento. De haber sabido ni se me hubiese ocurrido venir a molestarlo.

—Usted nunca es molestia para mí, Catalina, por el contrario. Cuénteme las novedades…

Con el correr de la conversación parecía que el humor atormentado de Artus mejoraba y hasta sonrió ante el comentario acerca de que *mademoiselle* Dubois parecía una institutriz inglesa.

—El primer depósito de la UNESCO ya fue efectuado y el importe es generoso. Hice abrir una cuenta a nombre del hogar. Le sugiero que sólo extraiga el dinero que van a utilizar y deje el resto como ahorro.

—Gracias. Seguiré su consejo.

Catalina salió del banco perturbada por lo sucedido a Artus. Hubiera querido abrazarlo como consuelo. No era posible, salvo en sueños.

XLI
UN IMPASSE

O dile y Ángela se detestaron en el momento en que se conocieron y todo indicaba que ninguna de las dos haría nada para mejorar el vínculo. Durante las comidas se tiraban dardos venenosos. Nadra y Akira ya estaban grandes y entendían la situación –que parecía divertirlas– más allá de defender a su madrina a capa y espada.

Había llegado el otoño y –según la radio– se estaban dando los acontecimientos anunciados por Eugene: tres dirigentes marxistas-lumumbistas habían creado el C.N.L.[38] con el objetivo de instaurar en el Congo un gobierno revolucionario, nacional y popular, contra el imperialismo occidental. Al mismo tiempo, Pierre Mulele reclutaba un fuerte ejército guerrillero, los maï-maï, en la región de Kwilu, mientras que Laurent Kabila –que también acababa de recibir formación guerrillera en China– controlaba el norte de Katanga y Kivu. El debilitado gobierno de Kasavubu

---

[38]Consejo Nacional de Liberación: creado por Christophe Gbenye, Etienne Mbaya y Benoît Lucouyard Lukunku, el 3 de octubre de 1963.

había declarado el estado de emergencia y suspendido el parlamento.

Sor María Inmaculada trataba de poner paños fríos entre las docentes. Catalina tenía insomnio. No había forma de no pensar en Artus las veinticuatro horas. Contaba los días que faltaban hasta la próxima reunión con él y a su vez se decía a ella misma que no debía ir.

Empezó a escribir un cuaderno paralelo a su diario habitual, en el cual podía volcar cualquier cosa en cualquier momento, sin ningún respeto por las formas y el lenguaje. Lo guardó en el cajón de su escritorio, bajo llave. Se sentía una quinceañera tonta, que deshojaba margaritas y dibujaba corazones. Le sobraban veinte años y un hábito franciscano. También se torturaba pensando en qué le pasaría a él, si es que le ocurría algo.

Llegó el día y fue al banco.

—Buen día Catalina, ¿cómo está?

La actitud de Artus era bastante más seca que la habitual. Ella se incomodó. Conversaron brevemente sobre Odile, la UNESCO y la situación política. Después de la entrega de la lista de provisiones, Artus le dijo:

—Catalina, las provisiones son más o menos siempre las mismas y ahora dispone de efectivo. Me parece que no es necesario que venga todos los meses. Yo hago preparar el envío y le aviso a Badrú que lo pase a buscar.

Ella sintió como si la hubieran golpeado en la boca del estómago. No tuvo capacidad de reacción.

—Estoy de acuerdo, Artus —fue su respuesta en un tono frío y malhumorado.

Le pareció que él se sorprendió por su actitud. Quizás esperaba que ella le "presentara batalla" o cuestionara su consigna. El orgullo pudo más.

Cuando salió a la calle, cruzó la plaza y se sentó en un banco, a llorar.

¿Qué es lo que acababa de pasar? ¿Cómo debía interpretar la nueva actitud de Artus? ¿Tenía que ver directamente con ella?, ¿con el duelo por su madre fallecida?, ¿con su esposa…? ¿Con todo eso o con nada? Se acordó de las palabras del padre Laurent, acerca de que no descartara que él se alejara, actitud que desde luego implicaba que los sentimientos eran correspondidos o por lo menos ella necesitaba verlo así.

Con el correr de los días, Catalina no tenía consuelo. Ángela y Bernadette la miraban, como a la espera de que ella explicara su cara larga.

Una tarde estaba encerrada en la biblioteca, garabateando en su nuevo diario, con los ojos llorosos. Escuchó que tocaban a la puerta y sin esperar que ella contestara, Eugene abrió y entró. Apenas la miró, le dijo:

—¿Qué le pasa? ¿Se siente mal?

—Hola Eugene, qué sorpresa… me lloran los ojos, tal vez sea algo alérgico.

—Catalina, no le lloran los ojos. Usted está llorando. ¿Quiere contarme por qué?

—La verdad es que no.

—Entonces déjeme adivinar. ¿Tiene que ver con mi primo?

Ella se quedó helada. No se le había ocurrido que la sospecha de Eugene pudiera ser tan concreta y certera y mucho menos que se atreviera a manifestarla.

—No sé por qué cree que su primo tiene algo que ver.

—Yo creo que tiene toda la idea del mundo. Y como usted es capaz de inmolarse antes de admitirlo, lo voy a decir yo: su problema es que se enamoró de van Laer.

Catalina dejó caer sus brazos, literalmente. Las lágrimas brotaban en contra su voluntad.

—No sabía que era tan obvio.

—No lo es para Odile, por ejemplo. Para mí sí, hace rato. Qué paradoja, ¿no le parece? Yo me enamoré de usted, le propuse casamiento y fui rechazado. No contento con eso –pero sin saberlo– la mandé a conocer al hombre del cual sí se enamoró y con el cual no se puede casar, aun suponiendo que él le corresponda en los sentimientos.

—Sí Eugene, es toda una paradoja. Créame que hubiera preferido que no me pasara y mucho menos que usted se dé cuenta. No tengo idea de qué le pasa a él.

Catalina decidió que sería mejor contarle los últimos acontecimientos.

—Le creo y también creo que a él le pasa bastante, porque de lo contrario, no se hubiera alejado. ¿Soy la primera persona con la que habla del tema?

—Hace un tiempo me confesé con el padre Laurent en la catedral.

—Lógico. ¿Qué le aconsejó?

Ella le resumió lo dicho por el cura.

—Opino lo mismo. Yo sé que usted ni va a dejar los hábitos ni va a estropear una familia. La distancia y el tiempo todo lo curan, eso es verdad.

—Gracias por su comprensión.

El galeno se retiró a hacer su ronda habitual. Catalina se sentía culposa por Eugene. Qué situación tan incómoda, aunque él no le dejó opción. Según su comentario, Artus mostró una actitud masculina al alejarse, justamente porque sí tenía sentimientos hacia ella. Qué locura. O qué cordura.

XLII
SIMBAS

Gracias a la actitud de los niños y las mediaciones de las hermanas, la relación entre Odile y Ángela mejoró considerablemente, a tal punto que decidieron aunar esfuerzos para preparar las fiestas.

Sor María trataba de mantener el orden en el día a día, pero Catalina no tenía control sobre ella misma.

Desde la última vez que vio a Artus, habían llegado provisiones en dos oportunidades a través de Badrú, que parecía confundido con la situación. La única excusa que tenía para ir al banco era la de retirar dinero de la cuenta de la UNESCO. Con ese pretexto, Catalina decidió ir a Leopoldville antes de Navidad.

La recibió el señor Brill, en el *hall*.

—Buen día hermana, el señor van Laer no se encuentra. Ha viajado a Bélgica para pasar las fiestas con su familia. Regresará después del Día de Reyes.

—Gracias señor Brill por la información. Ahora, si me permite, vine a hacer una extracción de dinero, por lo que me acercaré a la caja.

Brill la miró fastidiado y se marchó. Ella también.

Si seré tonta, cómo no pensé en que ya habría viajado para pasar las fiestas allá... Catalina estaba enojada con ella misma, aunque tal vez fuera mejor así.

Sor María Inmaculada atravesó esos días lo mejor que pudo. La conmovió el esfuerzo de Odile, que preparó un recital de poesía a cargo de sus alumnos, muy ilustrado e igualmente soporífero.

La noche del primero de enero, Catalina se fue a acostar temprano.

Artus vestía de smoking y ella un largo vestido de fiesta, color verde esmeralda. Nunca en la vida estuvo tan linda. Entraron a un salón de baile, en el que se encontraba una gran orquesta y nadie más que ellos. La música era maravillosa. La luz, tenue. Artus la tomó de la cintura y empezaron a bailar un vals. Le susurraba al oído frases sensuales. Bailaron por horas hasta que de repente se apagó la luz y la orquesta se detuvo. La gran puerta de entrada al salón se abrió de par en par. En el umbral estaban Caridad, Adèle, Ofelia y la esposa de Artus, quienes los miraban escandalizadas.

Catalina se despertó empapada. El sueño había sido maravilloso y el final una pesadilla.

Decidió no volver al banco hasta que recibiera alguna señal de Artus, ya que las provisiones y el dinero le daban cierto margen.

Esa misma semana se produjeron novedades de gran importancia en el Hogar San Francisco: Saida y Rachida se presentaron en el despacho de sor María para contarle que en el pueblo había dos hermanitos mellizos, de unos cuatro años, que quedaron huérfanos porque los padres fallecieron en un accidente; decían también que no tenían parientes cercanos aunque se comentaba que tenían una abuela en Rodesia a la que intentaban ubicar. Le pidieron si podían llevar a los niños al hogar, donde estarían mejor cuidados y educados, que de casa en casa en el pueblo.

Sor María Inmaculada contestó que sí de inmediato y que le avisaría a sor Clara. Cuando fue a contarle a Ángela, la correntina la sorprendió con otra noticia.

—Nadra está de novia con un chico de Mumba y ayer vino a decirme que se quieren casar.

—Ni sabía del noviazgo. Me imagino que vos has sido cómplice.

—Como lo soy de tu extraño vínculo con van Laer…

Catalina no dijo nada y sintió que se ponía colorada. El tema del casamiento de Nadra quedaría para otro momento.

Al día siguiente llegaron los nuevos miembros del hogar. Eran preciosos y muy parecidos entre sí. Se los veía tristes y asustados, pero todos se esforzaron por darles una calurosa bienvenida. Las hermanas más antiguas estaban encantadas, como que ahora tenían "nietos". Los demás chicos ya estaban grandes, por lo que todos actuarían de hermanos mayores.

No hubo noticias de Artus hasta el día del cumpleaños de Catalina, cuando Badrú llegó con otro paquete, como el año anterior. El regalo indicaba claramente que era un libro. Por fuera había una tarjeta y ella la abrió enseguida: *"Feliz cumpleaños Catalina.*

Espero que le guste este libro y que venga pronto a tomar un café. --Artus van Laer".

El libro era *Los relojes* de Agatha Christie. La elección literaria era entretenida e impersonal. Lo importante era el mensaje de la tarjetita. Por supuesto que le alegró el cumpleaños, pero no pensaba salir corriendo al día siguiente. Catalina combinó con Badrú que irían a Leopoldville a comienzos de la otra semana.

Ángela estaba muy ocupada con los mellizos pero tomó nota de la novedad de su amiga, aunque no le dijo nada.

Eugene fue a saludarla esa tarde. Catalina obvió el tema "Artus" y el galeno volvió a su inveterada costumbre de anunciar los siguientes cataclismos políticos.

—Catalina, ha estallado la rebelión mulelista en Kwilu[39], que se está extendiendo rápidamente hacia el norte y el oeste. Está fuera de control y con un alto nivel de violencia. Quizás haya escuchado que los simbas[40]

---

[39]Estalló el 16 de enero de 1964 en las ciudades de Idiofa y Gungu, en la provincia de Kwilu. Luego se extendió a Kivu en el este y más tarde a Albertville, provocando la insurrección en otras partes del Congo y el comienzo de la rebelión de los Simbas. Los rebeldes mulelistas avanzaron rápidamente hacia el norte, logrando la captura de las ciudades de Port-Empain, Stanleyville, Paulis y Lisala entre julio y agosto de ese año.

[40]Simba: león (en swahili). La rebelión de los simbas fue un movimiento militar, político y social muy complejo. Los simbas tenían una "ideología" populista, basada libremente en el comunismo, pero sin mayores fundamentos o conocimientos. La mayor parte de los revolucionarios eran hombres jóvenes. Usaban la magia para iniciar a sus nuevos miembros y creían que podían ser invulnerables a las balas, merced a un código moral. También

en Kivu, han tomado a misioneros europeos como rehenes y que también avanzan a pasos agigantados, casi sin combatir. Si bien Adoula todavía es el primer ministro, se dice que Tshombé ya volvió de su exilio, convocado por Kasavubu, por lo que creo que se dará un cambio de figuritas.

—Supongo que estará en lo cierto. El tema de los misioneros es bastante terrible, todas estamos muy preocupadas. Habrá visto que hace rato que dejamos que la vegetación nos tape lo más posible. Si seguimos así, tendremos que entrar al hogar y a la iglesia con machetes…

—Sí, he visto que no hacen jardinería, y hacen bien. De todas maneras, por ahora en esta zona no pasa nada.

---

hicieron un amplio uso de la brujería para protegerse y desmoralizar a sus oponentes. Los guerrilleros usaban "dawas" o fetiches. A medida que avanzaban, perpetraban numerosas masacres en el territorio que capturaban, con el fin de eliminar la oposición política y aterrorizar a la población. En tres meses lograron controlar la mitad del territorio nacional, prácticamente sin combates.

XLIII
EL CIRCO

Artus recibió a sor María en su despacho.
—Buen día Catalina, qué alegría volver a verla —dijo al recibirla.

—Gracias por el libro Artus —Catalina trató de disimular sus nervios de sólo volver a verlo.

—Cuénteme las novedades.

Ella le contó sobre los mellizos y el casamiento de Nadra.

—¿Qué tal las fiestas en Bélgica?

—Y se imaginará que el recuerdo de mi madre estuvo muy presente. Mi esposa pretende que regrese lo antes posible. No le gusta estar sola con los niños.

—Entiendo… —dijo Catalina sin sorprenderse por el comentario.

—El clima político promete empeorar, por lo que no sé qué posición adoptará el banco ante un cambio de Gobierno.

Conversaron casi una hora entera sobre temas diversos. Artus sonreía. Ella también, aun y cuando era sólo por fuera.

—Mi esposa me ha dicho que debería conocer a los niños y hacerles un regalo, una donación o algo.

He visto anuncios de que hay un circo en Brazzaville. ¿Le gustaría que los llevemos? El banco invita.

Catalina no supo qué responder en un primer momento. Esta novedad de introducir a la esposa y sus ideas en la conversación… con el agravante de que la señora había hecho una sugerencia amable y él le hacía caso.

—Me parece fantástico, Artus, a los chicos les va a encantar porque nunca vieron uno y de paso conocerían Brazzaville.

—Perfecto, entonces buscaré las entradas y combinaré con Badrú el transporte. La función será el mes que viene.

Catalina se regocijó por los chicos. No sabía si alegrarse por ella y el programa "familiar".

No entendía la actitud de Artus; sin embargo se daba cuenta de que la lógica masculina le era ajena.

La noticia del circo causó revuelo en el hogar. Hasta Odile se puso contenta con la idea del paseo.

Entre tanto, la radio informaba que Tshombé había asumido el poder como primer ministro[41] de un Gobierno manejado en forma política y militar por Mobutu.

---

[41]En julio de 1964 se nombró a Moise Tshombe como primer ministro, con el mandato de poner fin a la rebelión simba. Tshombe reclutó mercenarios blancos, integrándolos con la ANC. Muchos de estos mercenarios habían luchado por Katanga cuando Tshombe era líder de la provincia separatista. A pesar de los éxitos contra los rebeldes simba, la imagen de Tshombe fue dañada por el uso de los mercenarios blancos y las fuerzas occidentales.

Todos subieron al camión de Badrú aquel sábado, que por una vez iba a cobrar por sus servicios de transporte.

El circo era maravilloso y muy llamativo. Artus les había conseguido las mejores ubicaciones posibles. Ángela e Yvonne se repartieron a los mellizos, que empezaron a llorar en cuanto aparecieron los payasos, pero que se calmaron cuando vieron a los trapecistas.

Van Laer y sor María Inmaculada se sentaron juntos, de pura casualidad. Catalina hubiera preferido sentarse en la otra punta. Tenerlo al lado era más bien un problema en sí mismo. Fueron inevitables las miradas y las sonrisas durante la función, que todo el tiempo estaban justificadas por el *show* y las reacciones infantiles.

Volvieron muy tarde, muy cansados y muy contentos. Catalina estaba agotada.

Una vez más Eugene había acertado con sus predicciones políticas, aunque los sucesos parecían no convenirle a nadie.

Entre Mulele y Kabila tenían controladas casi las tres cuartas partes del país, por lo que implantaron un gobierno revolucionario en la ciudad de Stanleyville y establecieron la República Popular del Congo. Al mismo tiempo, los simbas tomaron cientos de rehenes, a los que retuvieron en el Hotel Victoria de esa ciudad.

Los revolucionarios eran combatidos por los mercenarios -nuevamente al mando de "Mad Mike" Hoare- que formaron el 5° Comando y resultaron la punta de lanza de la ANC.

El gobierno revolucionario fue muy breve. Ante el estrepitoso fracaso de las negociaciones con los simbas, Leopoldville pidió ayuda militar a Bruselas y a

Washington, que armaron la *"Operación Dragón Rouge"*, muy motivados por sus intereses económicos más que por las vidas de los rehenes. Los paracaidistas belgas coincidieron con la llegada de Hoare y sus hombres por tierra, en Stanleyville. Buena parte de los rehenes fueron evacuados. Después de esta operación, los simbas dejaron de ser una amenaza y el gobierno revolucionario fue aplastado.

Catalina decidió ir a ver al padre Laurent, no sólo para confesarse sino para preguntarle si estaba dispuesto a oficiar el casamiento de Nadra.

Esta vez encontró al sacerdote conversando con un monaguillo. En cuanto la vio se acercó y le dijo:

—Buen día hermana, ¿necesita que vayamos al confesionario nuevamente?

Catalina se puso colorada como un tomate. En ningún momento pensó que el cura se habría dado cuenta de que era ella cuando se confesó.

—Tal vez no sea necesario padre, a juzgar por su memoria. Supongo que podemos conversar aquí mismo —dijo señalando el banco más próximo.

Se sentaron y, sin más preámbulos, Catalina le contó que su sufrimiento por amor a Artus no había mejorado nada desde la última confesión.

—Si alguno de los dos no se aleja dudo que su padecimiento mejore.

Ella asintió resignada y casi se despidió sin mencionar el tema del casamiento.

—Con mucho gusto le ofrezco que se casen aquí. Yo no puedo trasladarme hasta el Hogar San Francisco.

—Entiendo, pero será decisión de los novios.

Cuando salió de la iglesia, Catalina se percató de encontrarse a pocos metros del banco de Artus. Por una vez se hizo caso a ella misma y no fue. La sola idea de que la recibiera Brill era insoportable.

XLIV
LA FIESTA

E ra una tarde lluviosa de domingo y Catalina entró a la biblioteca para estar un rato a solas y escribir. Buscó en los bolsillos de su hábito la llave del cajón de su escritorio, dentro del cual guardaba su cuaderno "Artus" y no la encontró. ¿Dónde la habría dejado? Todos dormían la siesta y no quería hacer ruido ni despertar a nadie para buscar la bendita llave. Tomó una hoja de las que usaba para escribir cartas y se dejó llevar…

Cómo odio estar enamorada de vos. Me odio. Es insoportable. Ojalá no te hubiera conocido. No te puedo tener. Vos tampoco a mí. Yo daría mi vida por una noche con vos. Lo prohibido es mucho peor. Quiero que me veas desnuda. Soy más linda que tu mujer. Yo también te podría dar hijos. Te imagino sobre mí, una y otra vez. Quiero ser mujer sólo para vos. El dolor sería placer. Sería nuestro secreto, directo a la tumba. Al carajo con la lepra, el Congo, tu mujer, la iglesia… no es vida. No me quiero morir sin saber cómo es tocarte, que me toques, que me hagas gritar… no es humano irse de esta vida sin esa experiencia... yo no elegí nada de lo que me pasó, ni siquiera te elegí... no creo poder seguir viviendo pensando en vos todo el día, todos los días, si te veo o si no te veo... necesito que me tengas o que te vayas de una bendita vez y para siempre o me voy a tener que ir ¡¡¡¡¡¡¡yo!!!!!!!

Alguien golpeó la puerta. Catalina dobló la hoja y se la metió en el bolsillo sin pensarlo.

—Pase...

Entró Ángela para decirle que uno de los mellizos tenía fiebre. Sor María Inmaculada estuvo agradecida por la vuelta a la realidad de todos sus días.

La rutina siguió con la organización del casamiento de Nadra, quien aceptó el ofrecimiento del padre Laurent. La realización de la ceremonia en la catedral de Leopoldville planteaba problemas y gastos. Saida y Rachida vestirían a la novia y harían lo posible con el resto de los chicos y las hermanas. Badrú sería el transporte de todos y la fiesta se haría en el jardín del hogar, rezando para que no lloviera ese día.

Catalina no veía a Artus desde que fueron al circo. Había dejado pasar el fin de año, a sabiendas de que él viajaría nuevamente a Bélgica para esas fechas, pero ahora no le quedaba más remedio que ir al banco a buscar dinero para las cuentas del casamiento. Rezó para que no la recibiera el insoportable señor Brill.

Van Laer se sorprendió al verla aquella mañana.

—Tanto tiempo, Catalina... ¿cómo está? La noto más delgada.

Bueno, parece que me mirás lo suficiente como para darte cuenta de que estoy más flaca, por tu culpa, por cierto, pensó Catalina.

—Puede ser, Artus, este tema del casamiento de Nadra me tiene de aquí para allá.

—Me imagino que estoy invitado. ¿Cuándo es?

A Catalina no se le había ocurrido invitarlo al evento.

—Cómo no, Artus; si quiere venir, Nadra estará encantada. Es el sábado diecinueve de febrero.

—Perfecto porque coincide con mi cumpleaños y supongo que habrá una torta. ¿Usted quiere que vaya?

Nunca te pregunté cuándo cumplías años... es verdad. Mirá que suerte que justo es el mismo día del casamiento. Si lo quiero hacer a propósito no me sale. ¿Para qué me preguntás si quiero que vengas? ¿Me estás provocando? ¿Hoy estás gracioso?, masculló Catalina en su interior.

—Qué casualidad, Artus, y recién ahora me doy cuenta de que no sabía su fecha de cumpleaños. La ceremonia es en la catedral a cargo del padre Laurent y la fiesta es en el hogar. Si decide venir al festejo, de paso lo conoce. Le diré a Bernadette que le prepare una tortita para usted.

—Muchas gracias, por supuesto que iré a la fiesta y cuenten con mi auto para los invitados o para llevarla a usted, si le parece.

Espero que no vengas de smoking y que no me lleves en tu auto porque no me van a resistir las coronarias. Hoy estás para el crimen, como hubiera dicho mi abuela, se dijo a sí misma Catalina mientras trataba de sonreír por fuera.

—Bueno Artus, nos veremos en la iglesia.

A Eugene no le hizo ninguna gracia que su primo se autoinvitara al casamiento y tampoco le hizo gracia el día elegido.

—Catalina, si todavía está a tiempo le sugiero que cambie la fecha porque para esa época se van a desarrollar las elecciones parlamentarias. Tshombe ha logrado que la CONAKAT se transforme en la CONACO[42], la cual ahora será la coalición principal. Leopoldville va a estar muy movida.

—Eugene, le agradezco, pero no soy ni la novia ni el cura como para cambiar la fecha. Piense que si cada cosa que nos ha pasado en todos estos años se hubiera tenido que acomodar a los avatares políticos de este país, hubiéramos quedado inmóviles. Y ya que estamos, le cambio de tema porque hace siglos que le quiero preguntar algo puntual.

—La escucho.

—¿Recibió alguna vez respuesta de su colega de Amsterdam respecto del tema de la lepra?

—Para serle sincero: sí, pero no se lo quise contar en aquel momento para no crearle falsas expectativas por la falta de certeza. Él consideró que ustedes han tenido o que tienen lupus, que es una enfermedad autoinmune, que por sus manifestaciones en la piel puede confundirse con la lepra, si no se es un especialista en aquel tema. Pero él estimó que sin examinarlas personalmente y sin hacerles una serie de estudios específicos, no podía aseverar nada.

—Bueno, Eugene, de todas maneras me parece que nos podría haber contado esto mismo a Ángela y a mí en su momento. ¿Sabe si hay algún especialista en Leopoldville o en Brazzaville sobre el tema al cual consultar?

---

[42]CONACO: Convención Nacional Congoleña: agrupación de unos cincuenta partidos políticos y asociaciones étnicas.

—Le pido disculpas. Creo que tiene razón en cuanto a que ambas tenían derecho a esta información, pero dudo que haya un especialista en alguna de las ciudades.

Esa misma noche, Catalina le contó a Ángela sobre la conversación con Eugene y el supuesto lupus. La correntina coincidió con su amiga en que bien podrían haberlo sabido antes.

Llegó el día del casamiento. La novia saldría desde Mumba. Los demás subieron al camión de Badrú. Cuando entraron a la iglesia, Artus los estaba esperando. A Catalina no le quedó más remedio que presentarlo con Eugene, que se apareció en el evento con sus hijas. Se saludaron secamente, sin ningún tipo de conversación familiar.

Sor María Inmaculada se ubicó con las demás hermanas y los niños, lejos de los hombres.

La novia estaba preciosa, como correspondía a su día. Bernadette, Yvonne, Astrid y Ángela competían por arruinar pañuelos. Los mellizos no se quedaban quietos y Catalina sentía la mirada de Artus y la de Eugene clavada en su espalda.

A la salida, los caballeros compitieron por la presencia de sor María en sus respectivos autos. Catalina se las ingenió para subirse al camión de Badrú, con la excusa de controlar a los mellizos.

Paulette y algunos familiares del novio habían quedado a cargo del almuerzo y demás preparativos en el hogar.

Catalina ubicó a Eugene en una punta de la mesa, a Artus en la otra y ella se sentó en el medio, entre las hermanas.

Después de la comida, empezó el baile. Sor María Inmaculada conversaba con la madre del novio, hasta que fue interrumpida por van Laer, quien le tendió la mano, invitándola a pararse pero sin decir nada.

Catalina no atinó a negarse, tampoco quería, y bailó con Artus. La música era alegre y daban vueltas tomados de las manos o de los brazos. Ella sintió que los demás se iban desdibujando hasta desaparecer y sólo quedaban ellos y la orquesta, como en su sueño, pero esta vez el final estuvo a cargo de Eugene, que deliberadamente los interrumpió para bailar con Catalina. Artus no disimuló su desagrado, pero se apartó. Ella se forzó a volver en sí y cumplió con el galeno.

La fiesta terminó al atardecer. Van Laer fue de los primeros en irse, después de probar la torta que Bernadette le preparó, aunque se negó a soplar las velitas, dadas las circunstancias y por pudor.

Esa noche, Catalina se encerró en la biblioteca. Seguía sin encontrar la llave de su escritorio aunque recordó aquella hoja escrita en un arrebato. Sin volver a leerla, abrió el armario donde escondía los demás cuadernos y la guardó dentro de uno de ellos, al azar.

XLV
EL ADIÓS

Las elecciones parlamentarias fueron ganadas por la coalición formada por Tshombé, a pesar de lo cual su imagen estaba deteriorada, porque muchos consideraban que él fue el artífice del asesinato del Lumumba, además del uso que hizo de los mercenarios y de las fuerzas occidentales contra los simbas. Para esa altura de los acontecimientos, también había perdido el apoyo de Kasavubu, quien lo despidió de su cargo de primer ministro y nombró en su lugar a Kimba[43], un enemigo natural de Tshombé. El presidente no lograba que el parlamento ratificara a su nuevo primer ministro y el vacío político fue aprovechado por Joseph Desiré Mobutu, que orquestó un golpe de estado militar, con la colaboración de sus "socios" occidentales.

Era el 25 de noviembre de 1965 y las hermanas estaban congregadas alrededor de la radio. Un locutor con voz apesadumbrada anunciaba que el Teniente General Mobutu había tomado el poder, diciendo:

---

[43]Evariste Kimba Mutombo: ocupó el cargo de primer ministro desde el 18 de octubre al 25 de noviembre de 1965.

«Durante cinco años los políticos han destruido el país. Serán necesarios cinco años para que los militares lo reconstruyan».

Sin hablar entre ellas, todas comprendieron las implicancias inmediatas del *coup d'etat*.[44]

Como era de esperar, el primero en aparecer fue Eugene, muy preocupado.

—Catalina, no sé si entiende que entramos en una dictadura. En pocos días este hombre ha hecho estragos en todos los niveles.

—Sí Eugene, ya lo entendí. Que Dios nos ayude.

Las malas noticias no se hicieron esperar. Sor María fue citada por *monsieur* Plottier en su despacho.

—Hermana, le he pedido que venga porque me veo obligado a comunicarle algo importante. Se podrá imaginar que la UNESCO y Mobutu no combinan desde ningún punto de vista ni quieren hacerlo. De hecho, he recibido instrucciones de dar por finalizada nuestra obra aquí y yo personalmente seré trasladado a otro destino. Ayer le avisé a van Laer. La profesora Odile Dubois será notificada mañana y también será trasladada, salvo que quiera quedarse por sus propios medios. Créame que lo lamento.

Sor María salió de la sede de la UNESCO muy abatida. No creía que Odile estuviera dispuesta a

---

[44]Joseph Désiré Mobutu organizó una dictadura anticomunista, alineada con Estados Unidos. Fundó un partido único, el "Movimiento Popular de la Revolución" y se otorgó los títulos de mariscal y presidente. Bélgica y Estados Unidos reconocieron inmediatamente al nuevo gobernante.

quedarse porque sí. Estuvo tentada de ir hasta el banco a ver a Artus, pero se contuvo.

No estaba segura si era correcto, pero al volver al hogar, citó a la profesora en la biblioteca y le comentó su entrevista con Plottier. Para su sorpresa, *mademoiselle* Dubois su puso muy mal, no por la parte económica del tema sino porque, aparentemente, se había encariñado con todos y no tenía pensado irse.

Odile le dijo que cumpliría con la formalidad de ir a verlo a Plottier, aun y cuando se tomaría un tiempo para decidir su eventual partida.

Sor María decidió que era necesario ver a Artus antes de las fiestas. No podría esperar hasta su regreso de Bélgica.

—Buen día Catalina, me imaginé que vendría por estos días —dijo un Artus serio y demacrado

—Entendí que era necesario que nos viéramos antes de su viaje anual para las fiestas.

—Hizo bien Catalina, porque no le puedo prometer que regrese —contestó Artus mirando hacia abajo y en voz baja.

Ella sintió que se mareaba. No podía procesar lo que acababa de escuchar.

—No entiendo Artus…

—Con la asunción del mariscal ha habido movimientos de todo tipo y el banco no es la excepción. Desde Bruselas me han dado a entender que Mobutu pretende otro tipo de interlocutor aquí, de mayor peso y contactos, para facilitar los negocios con Bélgica. Yo no soy el personaje indicado. Estoy citado en la casa central del banco para después de Reyes y hasta ese momento no sabré si volveré aquí o no. Me consta que estuvo con Plottier y en la cuenta de la UNESCO queda un saldo que a ustedes les sirve para varios meses. Por ahora se mantiene el tema del aporte de la fundación, pero imagínese que si me reemplazan, no sé qué pasará con la lista de provisiones.

Catalina sintió que se le llenaban los ojos de lágrimas. No lo pudo evitar.

—Artus, me está diciendo que quizás no nos volvamos a ver…

—Catalina… —dijo él con la voz quebrada.

—¿Y si no venía no me enteraba de su partida? —preguntó enojada.

—Si no venía, pensaba ir yo hasta el hogar antes de viajar —contestó Artus, compungido.

—¿Entonces me dice que hoy es nuestra despedida? —Catalina sacó un pañuelo de un bolsillo. Le caían las lágrimas.

Artus tenía los ojos llorosos. Se levantó, dio la vuelta a su escritorio y le tendió la mano. Catalina se paró y lo miró con todo su amor. Él le tomó la cara entre sus manos y la besó. Ella se estremeció y respondió rodeando su cuello con los brazos. Los besos eran plenos, descarados, como los de los amantes, alejados del mundo. Artus dejó de besarla, pero su mirada lo decía todo. Mientras la tomaba de la cintura, dijo:

—Catalina, creo que sabés que en otra vida te hubiera querido con locura. Ahora mismo te llevaría a mi casa y te secuestraría hasta el día de mi partida. Desde que te conocí vivo atormentado y la idea de no volver a verte es insoportable…

—Artus… no pude evitar enamorarme de vos… y en otra vida te pediría que me llevases a donde quieras… pero en nuestra realidad, es imposible para los dos…

—Si lo sé… —respondió él mientras volvía a besarla.

Se abrazaron, en silencio.

—Catalina: si no te vas ya, no podré dejar de besarte y abrazarte…

—Artus, lo último que quiero es irme. Dejarte en este momento es lo más difícil que habré hecho en mi vida.

—Dejarte ir ahora es lo más difícil para mí también. Pero es mejor que nos hagamos a la idea de que no vuelvo. No creo que me dejen. Te propongo que nos escribamos…

—Cada línea que me escribas será un tesoro para mí…

Catalina lloraba. Él la abrazó y la besó. Por última vez.

XLVI
LA CONFIRMACIÓN

Al día siguiente, Catalina no se pudo levantar de la cama. Tenía fiebre y le dolía todo. Se despertó llorando, angustiada. Como no había aparecido en el desayuno, Ángela fue a verla a su habitación. En el estado en el que estaba, sor María Inmaculada sólo pudo contarle a su amiga toda la verdad, desde el principio. Sor Clara dijo que suponía la mayor parte y la abrazó, dejando que se desahogara. Después le dijo que si seguía con fiebre, mandaría a buscar a Eugene.

Catalina durmió todo el día. Ni quiso comer. La fiebre fue pasando y sin embargo su ánimo no mejoró nada. Le pidió a Ángela que comentara con las hermanas y con Odile, que su estado se debía a que había recibido malas noticias de la Argentina, sin mayores precisiones.

Las fiestas fueron una tortura para Catalina. Tanto la noche del veinticuatro como la del treinta y uno se fue temprano a su dormitorio porque no podía contener las lágrimas.

En realidad, saber que Artus ya no estaba en Leopoldville le quitaba el peso de la posibilidad de ir a verlo, lo cual, a su vez, era desesperante.

Pasó el Día de Reyes y se puso ansiosa con la idea de recibir noticias de van Laer.

El veinte de enero apareció Badrú, sin ningún paquete en las manos pero con un sobre para Catalina. Mientras lo abría, se dirigió al río, para estar sola.

"Querida Catalina, no me dejan volver. Me trasladan a Luxemburgo. Me cuesta respirar. Sólo puedo pensar en vos. Estoy enfermo de impotencia y de arrepentimiento. Te tendría que haber secuestrado. Por favor no llores. El día de tu cumpleaños pensá que te estoy abrazando, besando...
Te adora, Artus".

Se quedó sentada, sobre una piedra en la orilla. Había tratado de hacerse a la idea de que Artus no volvería, pero ahora que tenía la confirmación, se dio cuenta de que no estaba preparada. Ya había llorado demasiado, no tenía más lágrimas, aunque la depresión era mucho peor.

Tal vez hubiera sido más fácil que él no le correspondiera, pero ahora eran dos a sufrir en la distancia. ¿Cómo seguir adelante a sabiendas de que nunca más se volverían a ver? Las líneas de Artus eran breves pero decían todo. ¿Cómo olvidar sus besos y no parar de desearlos? Si era verdad que el tiempo todo lo cura, necesitaría el resto de la vida para sobreponerse a lo que le ocurrió.

No tuvo mucho registro de su cumpleaños ni de los días posteriores.

A pedido de Ángela, Eugene fue a ver a sor María Inmaculada.

—Así que van Laer se fue y no vuelve... ya veo en qué estado la dejó... —el tono de Eugene era de fastidio.

—Lo trasladan a Luxemburgo. Para variar usted estaba en lo cierto y a él le pasaba lo mismo.

—No me cabe duda después de haberlo visto en el casamiento.

—De todas maneras, se puede quedar tranquilo porque cada uno fue fiel a sus obligaciones y no nos volveremos a ver.

—Bien, pero la voy a ayudar a pasar el mal trance con medicación. En algún momento tiene que reaccionar y darse cuenta de las consecuencias prácticas del tema. Ya se quedaron sin la UNESCO y no le veo color a la continuidad de la fundación.

—Después de lo que acaba de decir, espero que me medique por demás.

Catalina sabía que el galeno tenía razón. En algún momento tendría que volver al banco para retirar el saldo de la cuenta de la UNESCO y encarar al nuevo presidente de la entidad por el tema de la fundación.

Odile no colaboró con la falta de buenas nuevas. Le dijo a sor María Inmaculada que conversó con Plottier y que le ofrecían un traslado a Marruecos, que decidió aceptar. Ni Ángela se puso contenta con esa noticia.

Sor María reunió a las hermanas en la biblioteca para ponerlas al día. Todas entendieron que, en el mejor de los casos, volverían los tiempos de vacas flacas, como decían las argentinas.

Dos semanas después, Catalina juntó fuerzas y fue al banco. La atendió el insoportable de Brill, quien también parecía lamentar la partida de van Laer y que la presentó con *monsieur* Lafont.

—Mucho gusto en conocerla hermana, por favor tome asiento. Esperaba su visita porque el señor van Laer dejó una nota entre los papeles destinados a mí, refiriendo la situación del Hogar San Francisco a su cargo. Personalmente, no tengo inconvenientes en continuar con el arreglo que tenía con mi predecesor, siempre y cuando no reciba instrucciones en otro sentido. Le pido que nos mantengamos en contacto.

Catalina salió más conmovida por la actitud previsora de Artus que por la amabilidad de su nuevo interlocutor.

A su vuelta al hogar, sor María Inmaculada se sentó con Ángela y Bernadette a hacer cuentas, en base al dinero que tenían y que, en principio, seguían contando con la lista de provisiones. Con las debidas precauciones, concluyeron que podían respirar por el resto de ese año.

Esa noche, Catalina se quedó hasta altas horas en la biblioteca. Había encontrado la llave de su escritorio y recobró su cuaderno "Artus". También dedicó un tiempo al cuaderno tradicional que estaba en uso, pero lo más importante fue escribirle a su amado, calculando su fecha de cumpleaños. La dirección de destino sería la de la sede del banco en Luxemburgo.

XLVII
BUENAS NOTICIAS

K inshasa[45] era el nuevo nombre de Leopoldville, por decisión de Mobutu, que se propuso una campaña de "africanización" que implicaba renombrar lugares en lenguas nativas, pero que a su vez también estampaba su propia imagen en los billetes en circulación, según comentaban las radios.

Badrú le hizo saber a sor María Inmaculada, que *monsieur* Lafont requería su presencia en el banco. Habían transcurrido varios meses desde su primera entrevista y desde entonces, el buen congoleño se hizo cargo de trasladar las provisiones habituales. Catalina tuvo un mal presentimiento.

—Buen día hermana, la he citado porque es mi deber comunicarle que la fundación ha cambiado de

---

[45]Kinshasa: proviene de la palabra "insasa" que significa pequeño mercado en lengua teke. El 30 de junio de 1966 la ciudad pasó a llamarse Kinsasa, tomando su nombre del de la población de Kinchassa, situada a unas dos horas al este de Leopoldville y donde la Compañía Comercial Belga había creado su principal puesto comercial. Kinshasa o Kinsasa: ambas variantes son aceptadas indistintamente.

autoridades, quienes han modificado su enfoque en ciertos rubros y han aprobado un nuevo presupuesto anual que no incluye más la ayuda que recibía el hogar. Habrá una próxima entrega de provisiones, pero será la última. En verdad lo lamento.

Sor María salió del banco encorvada. A pesar de su falta de ánimo en general, sintió unas ganas irrefrenables de gritar y romper algo. Hizo catarsis con el pobre Badrú, a quien las novedades también le venían mal.

Después de la cena, convocó a las hermanas a una reunión. Las mayores ya tenían muchos años y envejecieron algunos más en ese momento. Sor Clara se preocupó por las necesidades de los chicos, como era de esperar. Catalina dejó ver su falta de energía y de ideas para encarar la enésima crisis por falta de dinero que atravesaban.

Se quedó sola en la biblioteca y prendió la radio para escuchar música. Los Beatles cantaban *We can work it out*[46]. Ella no estuvo muy de acuerdo o por lo menos la pregunta era ¿cómo?

En menos de un año perdieron a Artus, a Odile, a la UNESCO y a la Fundación del Banco de Bélgica.

Tenían lo mínimo indispensable para aguantar hasta las fiestas, racionando todo lo más posible, pero había que pensar en el después.

Catalina ya no tenía más ganas ni interés. Ya eran muchos años de "remar en dulce de leche", como decía su hermana Blanca.

---

[46]"Podemos solucionarlo", es el título de esa canción en castellano.

No llegaron más noticias de Artus ni le constaba que él hubiera recibido la carta que ella le envió para su cumpleaños.

Pensó en escribir a sus superiores en Bruselas, sin ninguna esperanza porque nunca le dio resultado, pero entendía que tenía la obligación de hacerlo. Redactó la carta como quien llena un formulario.

Esta vez Eugene lamentó haber tenido razón y ofreció su colaboración.

Para sorpresa de sor María Inmaculada, un mes después recibió respuesta de Bruselas. Le informaban que la Orden de las Hermanas de Gante estaba en situación de quebranto, por lo que tuvieron que solicitar ayuda directamente al Vaticano, pero que enviarían a un cura para que se quedara en el Hogar San Francisco.

Al leer esas líneas, Catalina pensó de inmediato en el padre Benoît y su regreso a Roma. ¿Cómo no se le había ocurrido antes? Al igual que con los superiores, no tenía nada que perder si le escribía y le pedía socorro. Ambos sabían que, moralmente, el irlandés quedó en falta con ellas. Además, la noticia de la llegada de un nuevo cura no era mala, siempre y cuando no fuera otro "Benoît". Sin perder un minuto, se sentó a escribir una larga carta al Vaticano.

Las hermanas rejuvenecieron levemente ante las novedades. Por lo menos volverían a tener un sacerdote en la iglesia.

Mientras tanto, Bernadette aportó otra idea que también servía:

—Hoy recordé que cuando se fue Adèle, dijo que nos devolvería duplicado el importe de su pasaje de avión, que pagó con nuestros ahorros. Que yo sepa nunca mandó nada.

—Eso es verdad, Bernadette, si usted no lo menciona creo que no lo hubiera recordado nunca. Ya mismo le escribo a la parisina.

A pesar de la falta de noticias de su amado, el ánimo de Catalina mejoró un poco, a base de esperanza.

Las buenas nuevas aparecieron casi todas al mismo tiempo. Badrú le entregó un telegrama a sor María Inmaculada, que comunicaba la llegada del padre François para la semana siguiente. Pedía que lo fueran a buscar al aeropuerto.

Que el nuevo cura se llamara igual que el hogar sólo podía ser una buena señal, pensaron todas.

Adèle respondió rápidamente, deshaciéndose en disculpas por el olvido y comunicando que ya había hecho un giro de dinero, por una suma muy superior a la debida, que podría ser retirado por Badrú.

Finalmente, y en la misma semana, llegó una carta del Vaticano, cuyas estampillas eran obras de la Capilla Sixtina y que Catalina guardó para su colección privada de filatelia.

La respuesta del padre Benoît superaba todas las expectativas: en efecto, la Orden de las Hermanas Franciscanas de Gante estaba en quebranto y había solicitado salvataje al Vaticano, por lo que la Santa Sede dispuso hacerse cargo de la orden y, por ende, de todo lo que dependía de la misma. Él era ahora monseñor Benoît y tenía un importante cargo en el Banco del Vaticano, con intervención directa sobre el tema. El irlandés dejaba entrever que se alegraba de poder ayudarlas en ese momento, ya que su paso por el Congo Belga fue muy poco feliz y se sentía en deuda.

Sor María Inmaculada no lo podía creer. Leyó la carta en voz alta para todas las hermanas, que se emocionaron y aplaudieron ante semejante noticia. Ahora las cuidaría nada menos que Su Santidad, en forma directa.

El día de la llegada del nuevo sacerdote, sor María Inmaculada fue con Badrú hasta el aeropuerto de Kinshasa. Apenas lo vio, respiró aliviada. François le recordó a Manuel. Era educado, amable y lo más importante era que había aceptado de buen grado su nuevo destino.

Ese domingo, hubo misa para los parroquianos del Hogar San Francisco y la iglesia estaba llena. Todos comulgaron y muchos se confesaron. Se programaron bautismos y la comunión de los niños que estaban en edad, así como la de los que ya eran mayores pero que nunca habían tenido la oportunidad de recibir el sacramento. François quedó agotado aunque muy satisfecho con la intensa jornada.

Eugene y el sacerdote se entendieron en cuanto se conocieron y sor María Inmaculada recibió otra carta del Vaticano, en la cual se le informaba que se abriría una cuenta en el Banco Comercial del Congo, en la que se depositaría una suma mensual para el Hogar San Francisco y a su vez, una suma retributiva para cada una de las hermanas y el padre François.

Las hermanas casi se desmayan con la noticia: por primera vez desde su llegada al Congo tendrían dinero propio.

Después de tantas penurias tocaban el Cielo con las manos.

Aunque seguía sin recibir noticias de Artus, sor María Inmaculada descansaba por las noches porque ahora las soluciones eran definitivas.

Catalina empezó a meditar acerca de la idea de ahorrar todos sus sueldos para comprar un pasaje de avión e ir a la Argentina.

El resto de ese año fue un remanso para todos y las fiestas fueron casi lujosas: desde la misa del padre François, hasta la cena de Navidad, los regalos para todos y el festejo del Año Nuevo.

XLVIII
EL REGRESO

Pasó la fecha del cumpleaños de Catalina sin que Badrú le llevara ningún paquete o sobre. En definitiva, hacía un año que no tenía noticias de Artus. Ella escribió varias cartas durante esos meses, algunas de las cuales rompió y otras ensobró pero nunca despachó. Le dedicaba páginas enteras en sus cuadernos, pero creía que tal vez fuera mejor para los dos no escribirse cual amantes. Si él tomó esa decisión de cortar, fue valiente por los dos.

El Banco Comercial del Congo era mucho más impersonal que el banco de Artus, pero los depósitos del Vaticano tenían una puntualidad suiza.

El presidente suprimió el cargo de primer ministro y disolvió el parlamento. También tuvo gran éxito aplastando lo que quedaba de las guerrillas. Tshombe fue acusado de traición a la patria y condenado a ser ejecutado. Exiliado en España, fue secuestrado y encarcelado en Argelia.

Para desesperación de Eugene, la dictadura gozaba de popularidad y salud, en base a la mejor situación económica por las inversiones de socios europeos y norteamericanos.

Catalina seguía dando paseos por el río, si bien su excusa para hacerlos ya no era la misma que en épocas anteriores. Esta vez era para meditar sobre su propio futuro. Tenía claro que quería ir a la Argentina a ver a su familia y a conocer a todos los nuevos integrantes incorporados desde su partida. También sabía que no se quería morir en el Congo. Todo en el Hogar San Francisco marchaba sobre ruedas. No creía que el Vaticano se arrepintiera de haberse hecho cargo de la Orden de las Hermanas Franciscanas de Gante, como tampoco que François se marchara cual Benoît, o como decía su madre: «No es imposible pero sí altamente improbable». Su presencia no sobraba aunque tampoco era imprescindible. Sí le preocupaba la edad y la salud de Bernadette y de Paulette, por ejemplo. Llegado el momento, tendría que hablar con todos sobre su viaje y un tema a resolver era que necesitaba que Ángela se quedara, porque si tenía intenciones de viajar con ella, la ausencia de ambas se convertiría en un problema.

Así estaban las cosas el día que Badrú le entregó una carta que tomó todas las decisiones por ella: su padre agonizaba en el Hospital de Pergamino porque se cayó del caballo y se rompió unos cuantos huesos. Lo operaron, pero la edad y el corazón no lo ayudaban. La esquela la envió Blanca, diciendo que le parecía que su hermana mayor tenía el derecho de saber lo que estaba pasando.

En ese momento Catalina hubiera dado todo por un teléfono, que nadie tenía.

No dudó en viajar, aunque le faltaban unos billetes para el pasaje de avión. Reunió a las hermanas y al cura después de la cena y les explicó la situación.

Gracias a Dios, la reacción de sor Clara fue decir que ella y François podían hacerse cargo y que entre todas le prestarían el faltante de dinero para el viaje.

Al día siguiente, Catalina fue a Kinshasa, pasó por el banco y sacó el pasaje para un vuelo que saldría tres días después, con una escala en París y otra en Río de Janeiro, pero que al cabo de treinta y seis horas la dejaría en Buenos Aires.

Rogaba al Señor llegar a tiempo para ver a su padre vivo. Tenía cumplidos los treinta y ocho años y había pasado casi los últimos veinte en el Congo. No estaba dispuesta a dejar de asistir al entierro de don Jerónimo, si ese era el destino.

Fueron tres días eternos, durante los cuales organizó todo lo mejor que pudo.

Como no estaba prevista una visita de Eugene, decidió ir hasta la casa del galeno para despedirse. Después de relatarle las circunstancias de su viaje, el médico le dijo:

—Entiendo perfectamente y sospecho que no volverá. Han sido muchos años aquí; toda su juventud se podría decir. Quizás se haya cumplido un ciclo para usted y deba seguir adelante, pero en su país.

Catalina no se esforzó mucho en contrariar al galeno y prometió escribirle.

La valija resultó pesada por los libros y por los cuadernos, no por la ropa. La noche anterior al viaje, Bernadette preparó una cena especial de despedida, en la que todos lloraron, hasta los mellizos. Sor María Inmaculada aprovechó la presencia de Saida y de Rachida para saludarlas, ¿hasta la vuelta?

La mañana de la partida, Badrú la fue a buscar casi al alba. Para su sorpresa, todas las hermanas salieron a despedirla, deseándole buen viaje de ida, que su padre mejorara y que la esperaban pronto de regreso. Ángela se apartó para decirle:

—Yo sé que no vas a volver y te entiendo. Este nunca fue tu lugar pero sí es el mío. Quedate tranquila que yo me quedo. No nos va a faltar dinero y tenemos al padre François. Que seas muy feliz.

Catalina no le pudo contestar nada pero se largó a llorar y abrazó a su amiga, eternamente.

La esperaba una aventura de dos días.

Badrú la llevó al aeropuerto y la ayudó con la valija y el papeleo. Cuando se anunció el embarque del vuelo de Air France, el congoleño la abrazó y le dijo que la iba a extrañar.

Parecía que la única que no sabía que no volvería era ella. Catalina estaba muy nerviosa.

El vuelo de Kinshasa a París duró ocho horas que le parecieron menos. Tuvo un par de horas de espera en el Aeropuerto de Charles de Gaulle. Estaba en París pero lo único que podía ver era la sala de embarque del vuelo a Buenos Aires, vía Río de Janeiro. Esa noche no pegó un ojo durante el vuelo a Brasil, que duró doce horas. Su único consuelo fue un libro. La escala en Río no fue fácil por el idioma y las cuatro horas de espera. Una azafata argentina se apiadó de ella y la condujo al lugar indicado justo a tiempo. El vuelo a Buenos Aires duró tres horas, que, comparadas con lo anterior, le parecieron "un ratito", aunque ya estaba atontada por tanto encierro, los tortuosos despegues y los aeropuertos. Cuando el avión aterrizó en Ezeiza, los pasajeros aplaudieron, como se acostumbraba. Ella se largó a llorar de la emoción.

Salió al *hall* con su valija en la mano. Estaba mareada. Ni siquiera podía decidir si quería tomar o comer algo. Empezó a preguntar cómo hacía para llegar a Pergamino. Tuvo suerte porque dos monjas salesianas que la observaban, se acercaron y la preguntaron si necesitaba ayuda. Por lo pronto le indicaron que debía cambiar dinero por pesos argentinos. Media hora después, estaba sentada junto a sus nuevas hermanas, en un auto grande que las llevaba al centro de Buenos Aires y que a ella la dejaría en la Plaza Miserere, en el barrio de Once, a dos cuadras de la cual estaba la terminal de ómnibus. Durante el viaje, sor María les hizo un breve resumen de su historia y las salesianas quedaron muy impresionadas. Catalina se deshizo en agradecimientos cuando bajó del auto y se hicieron mutuas promesas de quedar en contacto.

La Plaza de Once no era un lugar ideal para nadie, pero Catalina tuvo la sensación de que su hábito la defendía. Logró ubicar la terminal y después de mucho preguntar, dio con la ventanilla de la empresa Chevallier, en la que le vendieron un boleto para Pergamino, que salía después del mediodía. Tenía dos horas entre medio. Se sentó en el bar de la estación y pidió un café con medialunas. Se estaba quedando dormida cuando anunciaron la partida de su ómnibus y tuvo que correr con la valija para no perderlo. Le tocó el primer asiento, sin nadie al lado. Se durmió en el acto.

Eran las cinco de la tarde y el chofer la despertó, diciéndole:

—Hermana, llegamos a Pergamino, le tengo que pedir que baje del micro.

Catalina tardó en reaccionar. Por un momento tuvo miedo de estar soñando esa situación.

Lo que veía a su alrededor no tenía nada que ver con lo poco que recordaba. Salió de la terminal y tomó un taxi hasta el hospital, que era bastante cerca.

Bajó del taxi con la valija. Vio que en la puerta había un muchacho, fumando, que la miró. Ella pensó en pedirle ayuda con el equipaje y supuso que él se acercaba para ofrecerle cargar con la valija, pero en cambio le dijo:

—Cata, ¿sos vos?

Ella se quedó muy sorprendida. No lo reconoció hasta que lo miró bien a los ojos:

—¿Humberto?

Él sonrió y la abrazó, como quien recupera a alguien que creía perdido para siempre.

—Sos un hombre… no te reconocía. Cuando me fui todavía te escondías debajo de la mesa…

—¿Te llegó la carta de la Blanca y te mandaste? ¿Cómo llegaste?

—Hace dos días que estoy viajando en aviones, micros, taxis… ¿papá?

—Complicado, no te voy a mentir. Ya hace un mes que está internado. Arriba están mamá y Blanca. Subamos.

Cuando llegaron a la habitación, primero entró Humberto con la valija en la mano. Ofelia y la hermana lo miraron, intrigadas.

—No es mía… Miren quién vino… —dijo Humberto haciéndose a un lado para que vieran a Catalina.

Blanca gritó de alegría y corrió a abrazarla. Doña Ofelia se tapó la boca con las manos y se emocionó hasta las lágrimas. Después se paró y abrió los brazos en cruz y Catalina fue a abrazar a su madre. Ninguna podía decir nada. Cuando por fin lograron reaccionar, Cata miró la cama en la que estaba su padre, que parecía dormido o inconsciente.

—Hija, qué alegría... te miro y no lo puedo creer. Tu padre preguntó por vos hace unos días. Ahora ya casi ni se despierta. Lo tienen a morfina para que no sufra, pero el corazón no le va a aguantar mucho más. En un ratito nos echan por el horario de visitas. Vamos a casa...

—Papá, soy Cata, ya llegué... —le susurró al oído antes de irse.

Humberto ya se había recibido de ingeniero agrónomo, seguía soltero, sin novia pero con auto, y vivía en Pergamino. Todas subieron al coche y fueron a la farmacia de Blanca, que le presentó a su familia. La hija mayor, a la que llamaban Catita o Caty –para distinguirla de su tía– se parecía mucho a Catalina, no sólo por el nombre, y cursaba el último año de secundario. Los varones eran dos muchachitos de quince y trece. Se llamaban Alejandro y Facundo. Blanca arregló que esa noche dormiría en Rancagua, para poder estar con su hermana.

Luisa se había casado con un santafesino y vivía en la ciudad de Santa Fe. Ambos eran docentes. La hija se llamaba Pía y tenía ocho años. Amelia estaba en Buenos Aires y todavía no tenía chicos. Blanca les avisaría por teléfono de la llegada de Catalina.

Humberto las llevó hasta Rancagua pero se volvió, entendiendo que las mujeres tenían mucho que hablar.

La conversación entre ellas no paró nunca, hasta que a Catalina la venció el cansancio del viaje, ya pasada la medianoche.

XLIX
VACACIONES

Don Jerónimo falleció tres días después. No volvió a estar consciente y el corazón se le detuvo. Podía decirse que estaba dormido y no sufrió nada. Ofelia, Catalina y Blanca estaban presentes en ese momento. Sor María todavía vestía el hábito y, con su rosario en la mano, las invitó a rezar.

Esa noche llegaron Amelia y Luisa, que ya tenían programado viajar para ver a su hermana.

El padre había pedido que no lo velaran porque no le gustaban los velatorios. Él consideraba que uno debía ser enterrado y punto, así que decidieron respetar su voluntad.

El entierro fue en el cementerio de Pergamino durante una mañana soleada y fresca de otoño.

Contra su voluntad, sor María resultó ser una suerte de atracción para los asistentes, que se acercaban para saludarla y cerciorarse de que efectivamente era ella, que había vuelto. A Catalina le interesó sólo un saludo de pésame y fue el de Irineo, que estaba igual aunque con el pelo casi blanco. No era la ocasión para conversar, pero le dijo que en otro momento tomarían un café.

Los hermanos se quedaron todo lo que pudieron en Rancagua y finalmente quedó Catalina con su madre, que estaba feliz de tenerla de vuelta.

Se cumplía una semana desde su llegada y esa mañana, cuando Catalina se levantó, decidió que no quería ponerse el hábito. Empezó a buscar por todos los placares de la casa qué vestir y encontró algunas cosas viejas de sus hermanas.

Ofelia se sorprendió al verla y se animó a comentar:

—Qué cambio... ¿Tenés idea de qué vas a hacer?

—A vos no te voy a mentir. No sé si voy a volver... por algo me saqué el hábito.

—Bueno, supongo que te vas a dar cuenta sola de qué querés. Creo que nadie te va a reprochar nada.

Catalina le dijo a su madre que quería ir al pueblo y Ofelia le hizo una serie de encargos.

Mientras caminaba por un Rancagua que le costaba reconocer, pensó en ir al almacén de Irineo, a ver si lo encontraba y podían conversar un rato. Cuando los padres fallecieron él heredó la casa y el negocio. Sus hermanas le contaron que Irineo había enviudado hacía ya varios años y que tenía un hijo varón que estaba terminando el colegio. Irineo cumpliría cuarenta en octubre.

El negocio había sido remodelado y se lo veía muy moderno. Cuando entró, la atendió un empleado al que le pidió las cosas que le encargó su madre y le preguntó por Irineo. El muchacho le dijo que esperara, que iría a avisarle al patrón, que estaba en su oficina del fondo.

—Hola Catalina, qué sorpresa —Irineo parecía contento de verla.

—Compré unas cosas que me pidió mamá y se me ocurrió preguntar por vos.

—Me parece muy bien, pero te voy a pedir disculpas porque estoy esperando a un proveedor. Con mucho gusto te invito a almorzar mañana si no estás ocupada. Te paso a buscar por la casa al mediodía.

A ella le pareció un programa maravilloso.

Pasó la tarde pensando en qué se pondría para salir a almorzar con Irineo, a la vez que descubría la televisión, ya que sus padres tenían un televisor en el *living* con una antena en el techo de la casa.

Tenía la sensación de estar de vacaciones, por primera vez en casi veinte años. Quería vestirse, pasear, hacer sociales y estar con su familia.

Durante la cena, le contó algunas cosas a su madre, como el tema del lupus y la relación con Ángela.

—Cata, te podrás imaginar que lamento en el alma si todo fue por un mal diagnóstico. Tu padre y yo hicimos lo que dijeron los médicos... estaban tus hermanos y eran todos chicos...

—Ya sé, mamá. Sólo te lo contaba para que supieras que se supone que nunca tuve lepra.

L
IRINEO

Al día siguiente, Irineo fue a buscar a Catalina para el almuerzo. No había muchas opciones de restaurantes en Rancagua, pero él eligió el mejor.

—Veo que ya no llevas el hábito… —comentó sonriente.

—Digamos que me estoy tomando vacaciones después de muchos años, lo que incluye el "uniforme".

—¿Entonces en unos días volvés al Congo?

—No lo sé, no he puesto un plazo.

La sobremesa duró varios cafés, mientras ella le relataba su vida en el Hogar San Francisco. Él la escuchó interesado, tratando de no interrumpirla.

Cuando la dejó en lo de doña Ofelia, le propuso compartir otra comida a la brevedad.

Catalina repartía sus días entre ayudar a su madre con la chacra –aunque tenían dos empleados– y sus viajes a Pergamino para estar con Blanca y sus sobrinos. Pasaba largos ratos con Catita, conversando sobre todo tipo de tema. Su sobrina le recordaba a ella misma a esa edad.

Una tarde se encontró con Irineo en el pueblo y él la invitó a cenar el sábado de esa semana. Ella aceptó de buen grado y –para esa ocasión– fueron en auto a Pergamino. Catalina se dio cuenta de que no estaba vestida para el restaurante elegido. Durante la cena él le contó que se había casado con una chica de Arrecifes, de nombre Laura, que tuvo complicaciones en el parto de Fernando, por lo que después no pudieron tener más hijos, y que ella falleció de cáncer.

Fue un momento conmovedor en el que ambos se miraron a los ojos y ella descubrió que la mirada de Irineo seguía siendo exactamente la misma de cuando tenía dieciocho años.

Se cumplía un mes de su llegada a Rancagua y Catalina se sintió en la obligación de replantearse sus "vacaciones". No tenía sentido consultar el tema con la familia, porque la respuesta sería obvia y sospechaba que lo mismo sucedería con Irineo.

No había pisado la iglesia del pueblo desde su llegada y no quería entrar tampoco. En cambio, fue a la gruta de Nuestra Señora del Rosario de San Nicolás, a la que no iba desde su partida. Era una tarde fría pero se quedó allí sentada, mirando a la Virgen y meditando. Eugene tenía razón, terminaba un ciclo para ella y ésta era la oportunidad de tomar otro camino. No se trataba de una crisis de fe sino de la imposibilidad de seguir con la vida de sor María Inmaculada que ella nunca eligió, más la experiencia de Artus que le dejó en claro que existía la posibilidad de otra vida para ella.

Cuando volvió a la casa, fue directo a su cuarto y se sentó frente al escritorio. A pesar de sentirse culposa por haberse marchado del Congo al mejor estilo "Adèle", había tomado una decisión y lo que correspondía era que la comunicara a quien debía, sin perder tiempo.

La primera carta fue para Ángela. Después de contarle que su padre falleció, le dijo que ella tuvo razón y que efectivamente no volvería. De hecho, su decisión era dejar los hábitos y empezar una vida de civil, normal. También le dijo que estaría despachando otra carta –al mismo tiempo– al Vaticano y dirigida a Benoît, en la que además de comunicarle sus decisiones, haría una enérgica recomendación para que sor Clara fuera nombrada superiora del Hogar San Francisco, de forma inmediata. Finalmente le aclaró que, a diferencia de la parisina, al despachar la carta, haría un giro postal por el doble del importe que le prestaron para viajar.

Esa noche no le comentó nada a su madre porque faltaban pocos días para el cumpleaños número sesenta de Ofelia y aprovecharía la reunión familiar para contarles a todos su decisión.

Ambas cartas fueron despachadas a la mañana siguiente, abonando la tarifa más cara que aseguraba la entrega del correo.

Catalina le preguntó a su madre si tenía inconveniente en que lo invitara a Irineo a su fiesta familiar de cumpleaños. Doña Ofelia le contestó que estaría muy contenta de recibirlo.

El festejo fue un domingo de pleno invierno pero con sol. Los peones prepararon un asado y Amelia y Luisa viajaron especialmente. Irineo apareció con un gran ramo de flores para la cumpleañera y un ramito de fresias para Cata.

Ofelia había dispuesto la mesa y, casualmente, su hija mayor e Irineo se sentaron juntos.

Catalina se las ingenió para reunir a su madre y a sus hermanos en la cocina y les anunció que había decidido dejar los hábitos y que se quedaría a vivir allí.

—Hija, es el mejor regalo que podría haber recibido… Debo confesarte que fue uno de los deseos que pedí cuando soplé las velitas.

Las hermanas saltaban de alegría y Humberto la abrazó y le dio un beso.

Un rato después, el resto de la familia y varios de los demás invitados ya estaban notificados de las novedades.

Irineo estaba en el patio, fumando. Catalina se acercó y le dijo:

—Antes de que te enteres por una amiga de mi mamá, por ejemplo, te lo quiero decir yo: decidí dejar de ser sor María Inmaculada. Quiero ser Catalina y vivir acá.

Él la miró como la había mirado en el almacén de su padre, aquella tarde que intentó besarla, veintidós años atrás.

LI
EL CASAMIENTO

Irineo no perdió el tiempo después del anuncio de Catalina. Volvieron a salir y esta vez la besó una y mil veces. Ya eran muy grandes y no correspondía el título de "noviazgo", pero ambos sabían que se trataba de eso.

Poco después llegaron a su nuevo hogar las respuestas epistolares, con un par de días de diferencia entre sí. La primera fue la de Benoît. El cartero estaba muy impresionado por entregarle a Catalina una carta cuyo remitente era del Vaticano.

El cura irlandés estuvo a la altura de las circunstancias, una vez más. Sus líneas decían que no se asombraba de las decisiones tomadas y que las respetaba. También indicaba que se quedara tranquila, que la Santa Sede cuidaría del Hogar San Francisco y que de inmediato arbitraría los medios para nombrar a sor Clara a cargo. Catalina se sacó un peso de encima y se dispuso a escribir el agradecimiento.

La carta de Ángela llegó con una sorpresa y era que adentro del sobre a su vez había otra carta, de Artus. A Catalina le temblaron las piernas de sólo verla.

Sor Clara no se privó de expresarle que ella ya sabía que no volvería, como se lo dijo en la despedida, aunque las hermanas y los niños se pusieron muy tristes, especialmente Bernadette y los mellizos. Como consuelo, fueron todos a ver una obra de teatro infantil en Brazzaville y Eugene los acompañó con sus hijas, que, al igual que los chicos más grandes del hogar, disfrutaron más del paseo que de la función. Le agradecía la recomendación con Benoît y dejaba entrever que consideraba que estaba preparada para el cargo, porque había tenido una excelente maestra. Finalmente le decía que le enviaba la carta de Artus, que llegó a través de Badrú junto con su carta.

Catalina abrió el sobre del belga. Estaba fechado varios meses antes de que ella se marchara. No entendía por qué había demorado tanto. Al igual que en su única carta anterior, era breve:

Querida Catalina, recibí tu carta pocos días después de mi cumpleaños. He dejado pasar cierto tiempo para contestarte por la necesidad de poner un paréntesis entre ambos y evitar mayor sufrimiento. Debemos seguir adelante con nuestras vidas, aunque el recuerdo y cierta amargura serán eternos, al menos para mí. Creo que ninguno de los dos dudará nunca de lo que sintió por el otro.

Te deseo toda la suerte y la felicidad posible en este mundo.

Artus

Era notable la facilidad que tenía para decir todo en tan pocas líneas, que sin duda la conmovieron, pero ya sin lágrimas, y de hecho no sintió la necesidad de responderle de inmediato.

Algunas tardes Catalina se quedaba en el negocio de Irineo, para ayudarlo y para estar con él. La relación con Fernando era excelente, aunque el muchacho había planteado que quería ser abogado y que para eso necesitaba irse a estudiar a Buenos Aires. El padre no sólo que no se oponía sino que podía ayudarlo económicamente, pero no le entusiasmaba nada que el hijo estuviera solo en la capital. Fernando buscó a Catalina de aliada y entre ambos lo tranquilizaron, diciéndole que se iría con dos amigos, que estudiarían otras carreras pero que podían alquilar un departamento entre los tres.

Irineo fue incorporado en forma natural a la vida familiar de Catalina. No podía ser de otra forma porque se conocían de toda la vida. Al menos una vez por semana cenaban con Ofelia y cada tanto en lo de Blanca. No había cumpleaños al que no fueran juntos e hicieron dos viajes: uno a Santa Fe para conocer la casa de Luisa y otro a Buenos Aires, para conocer el departamento de Amelia y buscar uno de alquiler para Fernando. Se quedaron una semana en la capital, en un hotel del centro. Fueron al Botánico, al Rosedal, al teatro, al cine, a cenar, a la Plaza de Mayo, a la Recoleta y al Tigre.

Pasaron Navidad todos juntos en Rancagua y Año Nuevo en Pergamino.

Se acercaba el cumpleaños de Catalina y ella sugirió festejarlo en la chacra. Para su sorpresa, su madre le dijo que no, que estaba cansada después de las fiestas y que lo podía festejar con Irineo.

Se quedó muy desconcertada con la actitud de Ofelia.

Ese veintiuno de enero, Catalina fue después de la siesta al negocio, presuponiendo que sus familiares la llamarían al teléfono del local para saludarla.

Irineo la estaba esperando allí y la saludó efusivamente pero no le dio ningún regalo. A Catalina la puso de mal humor. Recibió los llamados de sus hermanos y sobrinos. Fernando estaba en Arrecifes, en la casa de sus abuelos maternos.

Cuando cerraron el negocio, Irineo la llevó a cenar a Pergamino, tal como combinaron.

Eligió el mismo restaurante que la primera vez que fueron a comer a la ciudad. Tenía reservada una mesa y el mozo les ofreció una copa de champagne, que él aceptó por los dos.

—Feliz cumpleaños —dijo sonriente, mientras le entregaba un regalo que evidenciaba una cajita que entraba en la palma de la mano.

Catalina lo abrió. Era un estuche de joyería y adentro encontró un juego de alianzas, de oro blanco.

—¿Me aceptás? —preguntó nervioso.

—Sí, claro que acepto —contestó ella, mientras se acercaba para besarlo.

Pusieron fecha para el nueve de abril. A la mañana siguiente, Catalina buscó a su madre para darle la noticia.

—Catalina, fuiste la última en enterarte. Irineo habló con nosotros en Año Nuevo y nos pidió que no te festejáramos el cumpleaños porque él quería hacer lo que hizo anoche. Estamos todos muy contentos y ya pensando en los preparativos.

Cata quedó muy conmovida por la actitud de la familia y de su futuro marido, aunque le tomó unos cuantos días entender que se iba a casar y que sor María Inmaculada y el Congo Belga parecían haber sucedido en otra vida.

LII
AGUSTÍN

Catalina nunca se imaginó a sí misma vestida de novia, y menos a los treinta y nueve años, por lo que encargó un vestido muy sencillo a la mejor modista de Pergamino.

La única iglesia de Rancagua era muy discreta sin ser fea. El sacerdote actual era joven porque el padre Alfredo había fallecido, por vejez. No tenía la menor intención de entablar una relación previa con el cura y mucho menos contarle su historia.

Cata lamentaba profundamente que su padre, don Jerónimo, no estuviera presente para llevarla al altar, así que el hombre encargado sería Humberto. También lamentaba que su única amiga, Ángela, no estaría presente, pero decidió juntar fuerzas y escribirle para contarle la noticia, aunque fue la única carta que despachó por entonces.

El civil fue en Pergamino, con un almuerzo en lo de Blanca sólo para la familia y todos lo tomaron como parte del trámite, porque lo importante era el casamiento por iglesia.

La ceremonia se realizó un sábado al mediodía, soleado. Ella entró tranquila, mirando directamente a

Irineo, que la esperaba en el altar. Se sintió hermosa y bendecida, con la tranquilidad que da cierta edad. El cura estuvo muy bien, sobre todo por la brevedad. Ofelia y sus hermanas arruinaron sus pañuelos, al igual que Catita y las amigas de su madre.

La fiesta fue en la chacra, con un gran asado y un conjunto musical que tocaba en vivo. El ramo fue para Caty y los novios partieron esa misma noche de luna de miel a Córdoba.

Una semana después volvieron de La Falda y Catalina se dedicó a organizar su nueva casa. Puso en práctica las recetas de Bernadette y algunas de su madre. No todas salían bien de entrada; pero después de varios intentos, mejoraban. Lo ayudaba a su marido en el negocio, atendía la casa, a Fernando, y día por medio iba a ver a doña Ofelia.

Le parecía que cada tanto se tenía que pellizcar, a ver si todo era cierto.

Para cuando llegó la primavera se produjo una novedad que a nadie se le había ocurrido pero que era posible y pasó: Catalina estaba embarazada. Su primera reacción fue casi de pánico, por la edad y por el tema del supuesto lupus. Irineo no podía sentirse más contento y no estaba nada preocupado. Corrieron al médico, que confirmó que la madre estaba de diez semanas y la derivó con un dermatólogo en Buenos Aires, para lo cual tuvieron que viajar en tres oportunidades, pero que un mes después les confirmó que ella nunca tuvo lepra sino una rara variante de lupus, leve, del cual todavía se sabía poco. Entre ambos galenos concluyeron que no existía ninguna razón orgánica que impidiera que el bebé naciera en perfectas condiciones, si bien la edad no era un elemento a favor.

El primer trimestre pasó casi sin que se dieran cuenta. Catalina no tenía náuseas, aunque todo le caía mal y tenía antojos. Irineo no la dejaba hacer nada en el negocio y contrató a una señora para que la ayudara con la casa. Ofelia estaba enloquecida e iba casi todas las tardes a visitarla. Mientras charlaban, la abuela tejía. Blanca aparecía a cada rato y las otras hermanas llamaban todo el tiempo.

Cata atravesó la mitad del embarazo sin poder creer lo que le estaba pasando. Había recuperado su viejo rosario y siempre lo tenía en el algún bolsillo. Se encomendó a la Virgen para que su hijo naciera sano, porque desde que se enteró que estaba embarazada que "supo" que era un varón, por lo que le propuso a su marido pensar nombres para el nene. Como era de esperar, Irineo deseaba una nena, por lo que proponía nombres de mujer.

No había recibido respuesta de Ángela pero volvió a escribirle para contarle que en abril sería mamá. Al que no tenía intenciones de contarle nada era a Artus. Tal vez en otro momento de la vida…

El verano fue tórrido y Catalina ya estaba muy pesada. Tenía los pies hinchados y sufría el calor espantosamente.

Ese veintiuno de enero cumplió cuarenta años y en otras circunstancias le hubiera dado trascendencia al cambio de década, pero lo único importante era que estaba a punto de ser madre.

La fecha de parto estimada por el obstetra era el Domingo de Pascua, nada menos. Irineo insistió para que unos días antes se trasladaran a Pergamino, de manera que el bebé naciera en el hospital de la ciudad. Blanca tenía una suerte de casa de huéspedes detrás de la farmacia y ellos vivían en la casa de al lado. Catalina accedió a esa breve mudanza de buen grado.

Durante la noche entre el Sábado de Gloria y el Domingo de Ramos del primero de abril de 1969, Catalina empezó con contracciones y rompió bolsa. Llegaron al hospital de madrugada y el bebé nació a las ocho, con gran trabajo de parto de la madre. Fue un varón y lo llamaron Agustín.

LIII
LOS ÚLTIMOS AÑOS

Para cuando Agustín cumplió seis años, Irineo y Catalina decidieron mudarse a Pergamino, así que vendieron la tienda y la casa de Rancagua. Compraron un local más grande en una esquina y una casa de dos plantas en la misma cuadra, asegurándose de que hubiera un cuarto para doña Ofelia, quien insistió en quedarse en su chacra hasta que la salud la acompañara. Estaban a pocas cuadras de la farmacia de Blanca.

Ángela escribía regularmente y a veces junto con su carta llegaban algunas líneas de Bernadette. Eugene escribía para las fiestas o le mandaba una tarjeta para su cumpleaños. No había vuelto a casarse. La dictadura de Mobutu prometía ser eterna. En 1971, el Congo Belga pasó a llamarse Zaire, por decisión del presidente.

Sor Clara resultó ser una excelente superiora. Akina se casó y vivía en Kinshasa. Dos de los varones más grandes también se marcharon, pero llegó una beba de meses que los tenía a todos enloquecidos.

Pasaron varios años y Cata nunca se animó a contestar la carta de Artus. Él tampoco volvió a escribir. Quizás lo mejor fuera dejar las cosas así.

Fernando se recibió de abogado, estaba de novio, y vivía en Buenos Aires. Catita estudió Filosofía y Letras en la Capital, pero después de recibida se volvió a Pergamino y era profesora de Castellano en un secundario estatal.

Catalina trabajaba con su marido en el negocio, que ya no era un almacén de pueblo sino un mercado grande y próspero, aunque vivía pendiente de su hijo, por el que tenía adoración. La maternidad era lo mejor que le podía haber sucedido en la vida. No se animó a tener otro hijo por la edad.

La que no tuvo suerte con el tema fue Amelia, pero tampoco se decidía a adoptar porque viajaba todo el tiempo con el marido.

Humberto iba de novia en novia, pero seguía soltero y Luisa seguía viviendo en Santa Fe.

Agustín era un chico de gran corazón y muy inteligente, que contaba con un espíritu de líder y de aventurero, lo que ocasionó dolores de cabeza para los padres y los maestros.

En la adolescencia hizo de las suyas, como dejarle un ojo morado a un compañero, irse con el auto del padre sin permiso o tomar de más sin haber aprendido a beber. Cata se hacía mala sangre aunque al final siempre intercedía a su favor ante los enojos del padre.

Para cuando Agustín estaba terminando el secundario, anunció que quería estudiar medicina –al igual que su mejor amigo Ulises– e hizo el mismo planteo que Fernando en su momento. Catalina se emocionó ante la idea de que su hijo fuera médico, pero sufrió por su partida y también por la preocupación que representaba que estuviera solo en la capital.

El negocio había dado sus frutos y decidieron comprar un departamento, con teléfono, en una zona cercana a la Facultad de Medicina. Los padres de Ulises estuvieron muy agradecidos y los muchachos se fueron juntos.

Algunas noches el teléfono no contestaba y más de una vez lo atendía una chica, que según Agustín siempre era una compañera de estudios o una amiga de Ulises.

Los chicos viajaban para Semana Santa, las vacaciones de invierno y Navidad. Catalina trataba de ir una vez por mes, aunque no siempre con Irineo. En general sufría al ver el desorden del departamento y como no podía con su genio, les hacía compras, limpiaba y les dejaba comida hecha antes de irse.

Durante los años de estudio de Agustín, se casó Fernando y después le siguió en los eventos nupciales Catita. Doña Ofelia ya estaba muy mayor y entre Catalina y Blanca la convencieron de que vendiera la chacra y se fuera con ellas a Pergamino. Como se llevaba mejor con Irineo que con el marido de Blanca, se instaló en la casa de su hija mayor. Llegó a ver el recibimiento de su nieto menor y fue la más emocionada durante la ceremonia. Falleció unos meses después, a los ochenta y cinco años.

Agustín se transformó en el doctor García Navarro y tenía un futuro prometedor en el Hospital de Clínicas.

Cuando Catalina cumplió sesenta y cinco años, tuvieron un susto mayor, porque se descubrió que había heredado una condición cardíaca de su padre. Estuvo internada varios días. Después de ese episodio, dejó de ayudar a Irineo en el negocio y sólo viajó a Buenos Aires para el casamiento de su hijo. Se encariñó con su nuera en cuanto la conoció y supo que harían un buen matrimonio.

Dos años después nació su nieta, a la que veía poco, por lo que atesoraba cada minuto que estaba con ella.

Cuando Catalina cumplió setenta años, hicieron una gran fiesta en un salón de Pergamino, que reunió a toda la familia, de sangre y política. Fue el veintiuno de enero de 1999.

Una noche de ese invierno, después de cenar, Catalina le dijo a Irineo que no se sentía bien y se fue a acostar. A la mañana siguiente no despertó. Al igual que su padre, le falló el corazón mientras dormía. Su entierro fue muy concurrido y muy triste. Ella hubiera estado orgullosa de sí misma porque siempre sostuvo que el éxito se mide por la cantidad de gente que te acompaña al cementerio. Fue una persona muy querida, que durante casi veinte años vivió una aventura con una gran familia en el Congo Belga y que luego formó su propia familia, a la que se dedicó hasta el último día de su vida.

EPÍLOGO

Mi nombre es Catalina, pero me dicen Caty o Catita para diferenciarme de mi tía, la hermana mayor de mi madre, Blanca. Fui su primera sobrina. Cuando nací, sor María Inmaculada vivía en el Congo Belga y mientras crecí me fascinaba escuchar las historias que contaban sus cartas. La tía Catalina volvió a vivir a la Argentina cuando falleció mi abuelo Jerónimo y yo empezaba mi adolescencia. Más de una vez me dijo que yo le recordaba a ella misma a esa edad. Fue mi tía predilecta y creo haber sido su sobrina preferida.

Hacía tiempo que se habían mudado a Pergamino, con Irineo y Agustín, cuando una tarde me dijo: «Ahora que está claro que te vas a dedicar a las letras, es el momento de que te cuente que mientras viví en el Congo siempre llevé diarios personales. Cuando volví a la Argentina, la mitad de la valija la ocuparon quince cuadernos. Esa valija está en el altillo de esta casa. Tiene cerradura pero perdí la llave. El día que yo no esté, te autorizo a que la busques, rompas la cerradura y leas los cuadernos. Se me ocurre que después de leerlos vas a querer escribir algo al respecto. Te los podés quedar o quemarlos, pero no los dejes por ahí al alcance de cualquiera. También vas a encontrar un montón de cartas, de las cuales unas cuantas son de tu madre. Nadie sabe lo que te estoy contando y no hace falta que nadie más lo sepa mientras viva».

Intenté hacer un montón de preguntas aquella tarde, pero la tía había dado el tema por terminado.

Dejé pasar un tiempo después de su entierro. La primera que tenía que estar en condiciones de abrir la valija era yo.

Un domingo le toqué el timbre a Irineo. Nos sentamos en el *living* y le relaté lo que me había dicho la tía años atrás. Él dijo que respetaba la voluntad de Catalina y que podía subir al altillo a buscar la valija que desconocía. Me llevé la valija cerrada para no molestar más al tío, que quería dormir la siesta.

Esa tarde empecé a leer el primer cuaderno después del mediodía y terminé de leer el último después de medianoche. Quedé fascinada por el relato en general. La que tendría que haber estudiado Letras era ella. Además, su caligrafía era muy buena, por lo que la lectura era fácil. Había tenido toda la razón: por supuesto que quería escribir a partir de esos cuadernos.

En una segunda lectura, empecé a anotar quién era quién, porque eran demasiados nombres para recordar. Así que terminé haciendo una larga lista de personajes, que opté por dejar al final del relato. Todos los nombres fueron respetados, no inventé ninguno. Sí me pertenecen todas las notas al pie, que me parecieron necesarias para entender el contexto histórico y sus protagonistas. Fueron muchas horas de investigación.

El primer cuaderno empezaba con el relato del viaje en barco. Yo conocía, en líneas generales, la historia previa, pero consulté los detalles con mi madre, como por ejemplo, los nombres de los médicos que le diagnosticaron lepra a Catalina.

Sus relatos siempre fueron lineales en el tiempo. Utilizó casi un cuaderno entero por cada año que estuvo en el Congo y varios de sus cuadernos empezaban o terminaban con el tema de las fiestas o su cumpleaños, lo cual decidí respetar, porque consideré que esos temas eran importantes para ella. Todas las citas en francés o en inglés fueron tomadas textualmente de los originales.

Quedé muy sorprendida por la historia de van Laer y lamenté que el cuaderno privado que ella denominaba "Artus", no estuviera en la valija. Varias veces hizo referencia a ese cuaderno en los otros y sí encontré una hoja doblada dentro del cuaderno número cuatro, de la cual está copiado casi textualmente su "arrebato" (ver capítulo XLIV). Creo que ella hubiera preferido que no transcribiera ese texto, pero realmente me pareció necesario a esa altura del relato. No hay ninguna constancia de qué hizo mi tía con el cuaderno "Artus", ni siquiera si volvió con ella del Congo.

El último cuaderno lo interrumpió al escribir que había decidido dejar los hábitos, por lo que el resto de este relato es una crónica familiar, a base de memoria y consultando detalles con la familia. La intención ha sido que se conociera qué sucedió con el resto de su vida.

Cuando mi tía falleció, mi madre le escribió a sor Clara, quien, al recibir la carta, llamó a la farmacia desde la casa de Eugene. Mamá y Ángela hablaron un buen rato con ella sobre Catalina.

Cuando terminé de escribir esta novela, yo llamé al Hogar San Francisco (que ahora tiene agua corriente, gas natural, luz y teléfono) y le pregunté a Ángela si le podía mandar una primera versión, para ver qué le parecía. Se emocionó y me dijo que la esperaba ansiosa. Un mes después me llamó ella y se deshizo en elogios, para qué ocultarlo.

Irineo quedó muy triste después de que Cata falleciera. Contrató un gerente para el supermercado y se quedó en la casa. Murió unos meses después, creo que más por tristeza que por enfermedad.

Mi primo Agustín no quiso saber nada de este relato. Siempre tuvo negación con el pasado de su madre. Lo incomodaba.

Para mí es imposible ser objetiva con sor María Inmaculada porque fue mi tía, pero creo que su historia merecía ser contada, no por el mero hecho de haber pasado su juventud en el Congo Belga, sino porque se trata de una historia relacionada con la responsabilidad, la abnegación, el destino, el azar, con el ser y el deber ser, con la confianza, la amistad, el amor, lo prohibido y la familia; es decir, cuestiones universales que atraviesan las vidas de la mayoría de las personas, pero que muy pocas logran superar con éxito, como lo hizo Catalina.

Ahora conocen su historia que, personalmente, considero un ejemplo.

Catalina Ibáñez
8 de diciembre de 2000.

PERSONAJES
(por orden de aparición)

1.- CATALINA: protagonista (1929 -1999).

2.- BLANCA: hermana de Catalina, dos años menor.

3.- DOÑA OFELIA: madre de Catalina.

4.- DON JERÓNIMO: padre de Catalina.

5.- DOCTOR VIDAL: primer médico en diagnosticar a Catalina.

6.- DOCTOR GUTIÉRREZ: segundo médico en confirmar el diagnóstico de Catalina.

7.- EULALIA: monja franciscana, residente en el Convento y Hogar La Inmaculada de Villaguay, provincia de Entre Ríos, Argentina. Prima de Ofelia.

8.- IRINEO: pretendiente de Catalina.

9.- HUMBERTO: hermano de Catalina, diez años menor.

10.- SOR CARIDAD: madre superiora del convento de Villaguay.

11.- ÁNGELA: compañera y amiga de Catalina.

12.- SOR MARÍA INMACULADA: nombre religioso de Catalina.

13.- SOR CLARA: nombre religioso de Ángela.

14.- GASPAR: cura en Villaguay.

15.- INGRID VAN DEN BERGHE: nombre real de sor Thérèse, hermana de sor Caridad.

16.- SOR THÉRÈSE: madre superiora del Hogar San Francisco, en Mumba, Congo Belga.

17.- ADA: nombre real de sor Caridad.

18.- SOR PIEDAD: monja franciscana del convento de Villaguay.

19.- JUAN ANTONIO HERNÁNDEZ: capitán del barco.

20.- GILBERT: cocinero del barco.

21.- CALLAGHAN: marinero del barco.

22.- MANUEL: sacerdote jesuita, a cargo de la Iglesia San Ignacio, en Sudáfrica.

23.- JOSÉ: sacerdote jesuita. Mano derecha de Manuel.

24.- JOAO: monaguillo en San Ignacio.

25.- FRANK: piloto de avión.

26.- ANTOINE: congoleño.

27.- BADRÚ: congoleño.

28.- SOR BERNADETTE: hermana del Hogar San Francisco. Francesa.

29.- SOR ADÈLE: hermana del Hogar San Francisco. Francesa.

30.- SOR GENEVIEVE: hermana del Hogar San Francisco. Belga.

31.- SOR PAULETTE: hermana del Hogar San Francisco. Belga.

32.- SOR ASTRID: hermana del Hogar San Francisco. Belga.

33.- SOR ÚRSULA: hermana del Hogar San Francisco. Suiza.

34.- SOR YVONNE: hermana del Hogar San Francisco. Holandesa.

35.- SAIDA: laica, colaboradora en el Hogar San Francisco. Congoleña.

36.- RACHIDA: laica, colaboradora en el Hogar San Francisco. Congoleña.

37.- AKINA: niña huérfana del Hogar San Francisco. Congoleña.

38.- YAMBO: niño huérfano del Hogar San Francisco. Congoleño.

39.- NADRA: niña huérfana del Hogar San Francisco. Congoleña.

40.- DOCTOR EUGENE LEMBA: médico del Hogar San Francisco. Congoleño.

41.- LAURENT: sacerdote de la Catedral de Leopoldville.

42.- BEATRIX LENOIR: esposa del gobernador de Leopoldville, a cargo de las Damas de Caridad del Congo Belga.

43.- BENOÎT: cura franciscano, enviado al Hogar San Francisco. Irlandés.

44.- SOPHIE: prima fallecida de Adèle.

45.- MADÈLEINE: dama de caridad. Belga.

46.- WAMBA: niño pequeño del Hogar San Francisco.

47.- MIVEK: radioaficionado congoleño.

48.- LEÓN ANTOINE PETILLON: gobernador del Congo Belga entre 1951 y 1958.

49.- CATALINA: primera hija de Blanca y sobrina mayor de sor María Inmaculada.

50.- VINCENT: cura franciscano, enemigo político del padre Benoît.

51.- LUISA: hermana de Catalina, cinco años menor.

52.- AMELIA: hermana de Catalina, ocho años menor.

53.- HENRI CORNELIS: gobernador del Congo Belga entre 1958 y 1960.

54.- AMBROSIUS DE WIT: presidente de la sede del Banco de Bélgica en el Congo.

55.- ARTUS VAN LAER: sucesor en el cargo de presidente del Banco de Bélgica en el Congo.

56.- ELISE VAN LAER: esposa de Artus.

57.- JULIETTE VAN LAER: hija de Artus.

58.- ALEXANDER VAN LAER: hijo de Artus.

59.- PIETER BRILL: vicepresidente del Banco de Bélgica en el Congo.

60.- GERARD PLOTTIER: delegado de la UNESCO ante el Congo-Leopoldville.

61.- ODILE DUBOIS: profesora de la UNESCO en el Hogar San Francisco.

62.- MONSIEUR LAFONT: sucesor de Artus van Laer en el Banco de Bélgica en el Congo.

63.- FRANÇOIS: cura franciscano enviado al Hogar San Francisco. Francés.

64.- ALEJANDRO: hijo de Blanca y sobrino de Catalina.

65.- FACUNDO: hijo de Blanca y sobrino de Catalina.

66.- PÍA: hija de Luisa y sobrina de Catalina.

67.- LAURA: esposa fallecida de Irineo.

68.- FERNANDO: hijo de Irineo.

69.- PADRE ALFREDO: antiguo cura de la Iglesia de Rancagua. Fallecido.

70.- AGUSTÍN GARCÍA NAVARRO: hijo de Catalina e Irineo.

71.- ULISES: mejor amigo de Agustín.